U0506505

中国古代文史经典读本

关汉卿戏曲 选评

翁敏华 撰

上海古籍出版社

图书在版编目（CIP）数据

关汉卿戏曲选评／翁敏华撰. —上海：上海古籍
出版社，2018.6（2021.9重印）
（中国古代文史经典读本）
ISBN 978-7-5325-8860-2

Ⅰ.①关… Ⅱ.①翁… Ⅲ.①关汉卿（？-1279）—古
代戏曲—戏剧文学—文学研究 Ⅳ.①I207.37

中国版本图书馆 CIP 数据核字（2018）第 125565 号

中国古代文史经典读本

关汉卿戏曲选评

翁敏华 撰

上海古籍出版社出版发行

（上海瑞金二路 272 号 邮政编码 200020）

（1）网址：www.guji.com.cn

（2）E-mail：guji1@guji.com.cn

（3）易文网网址：www.ewen.co

常熟市人民印刷有限公司印刷

开本 787×1092 1/32 印张 10.125 插页 2 字数 135,000

2018 年 6 月第 1 版 2021 年 9 月第 3 次印刷

印数：7,121—8,220

ISBN 978-7-5325-8860-2

I·3287 定价：30.00 元

如有质量问题，请与承印公司联系

出　版　说　明

　　上海古籍出版社成立六十多年来形成了出版普及读物的优良传统。二十世纪,本社及其前身中华书局上海编辑所策划、历时三十余年陆续出版的《中国古典文学作品选读》与《中国古典文学基本知识》两套丛书各八十种,在当时曾影响深远。不少品种印数达数十万甚至逾百万。不仅今天五六十岁的古典文学研究者回忆起他们的初学历程,会深情地称之为"温馨的乳汁";而且更多的其他行业的人们在涵养气度上,也得其熏陶。然而,人文科学的知识在发展更新,而一个时代又有一个时代的符号系统与表达、接受习惯,因此二十一世纪初,我社又为读者奉献了一套"新世纪文史哲经典读本",是为先前两套丛书在新世纪的继承与更新。

"新世纪文史哲经典读本"凝结了普及读物出版多方面的经验：名家撰作、深入浅出、知识性与可读性并重固然是其基本特点；而文化传统与现代特色的结合，更是她新的关注点。吸纳学界半个世纪以来新的研究成果，从中获得适应新时代读者欣赏习惯的浅切化与社会化的表达；反俗为雅，于易读易懂之中透现出一种高雅的情韵，是其标格所在。

"新世纪文史哲经典读本"在结构形式上又集前述两套丛书之长，或将作者与作品(或原著介绍与选篇解析)乳水交融地结合为一体，或按现在的知识框架与阅读习惯进行章节分类，也有的循原书结构撷取相应内容并作诠解，从而使全局与局部相映相辉，高屋建瓴与积沙成塔相互统一。

"新世纪文史哲经典读本"更是前述两套丛书的拓展与简约。其范围涵盖文学经典、历史经典与哲学经典，希望用最省净的篇幅，抉示中华文化的本质精神。

该套丛书问世以来，已在读者中享有良好的口碑。为了延伸其影响，本社于 2011 年特在其中选取十五种，

请相关作者作了修订或增补,重新排版装帧,名之为
"中国古代文史经典读本",以飨读者。出版之后,广受
读者的好评,并于 2015 年被评为"首届向全国推荐中华
优秀传统文化普及图书"。受此鼓舞,本社续从其中选
取若干种予以改版推出,并得到国家有关部门的支持,
多种获得 2016 年普及类古籍整理图书专项资助。希望
改版后的这套书能继续为广大读者喜欢,为弘扬中华优
秀传统文化作出贡献。

上海古籍出版社

2017 年 6 月

目　　录

导　言

纵观中国戏剧的漫长历史，自孔子在"夹谷之会"杀了中国早期的一个优伶之后，文人和艺人的关系一直不很好。翻开史书，文人官僚要求"禁戏"的上书、榜文比比皆是；翻开剧本，艺人在自己可以发声音的舞台上嘲讽文人也多得不计其数。唐戏弄中《弄孔子》与《弄假妇人》一样盛行；宋、金杂剧中名之为"某某酸"的剧目，全是用来揶揄酸文人的。艺人历来被关在科举大门之外，这一传统至近现代尚未彻底清除。当然也有异类。但"异类"们的下场多不好。唐初太子李承乾因好戏被废为庶民；后唐庄宗、北宋徽宗丢了天下，后人的总结里少不得写上"好声色误国"；《红楼梦》里宝玉因与戏子交好差点被打死。这样的事例不胜枚举。

在关汉卿生活的元代,历史得到了改写。关汉卿和他的同行们,使文人与艺人得以沟通。甚至可以说,关汉卿本身就集文人与艺人于一身。或许正因此,戏曲才大成于元代。

元代是个文人与艺人大团结、大合作的时代。这样的大团结大合作,推出了一个戏剧时代,一个戏剧创作和戏剧表演的黄金时代。书会,就是他们两者合作的天地,艺术的沙龙。中国现存最早的完整剧本《张协状元》是"九山书会"的产物。关汉卿,则曾是大都"玉京书会"的成员且还做过他们的领袖。他的六十几部作品,多是他这个"书会才人"和艺人智慧的结晶,而不是闭门造的"车"。玉京书会是一个对戏曲艺术的成长发达起过重大促进作用的组织。自金至元,已知有一百五十一位"才人"先后在这里活动过。

元代优伶亦人才辈出。他(她)们之所以能取得这么高的成就,与他们身边的优秀文人的襄助是分不开的。如:珠帘秀之于关汉卿,天然秀之于白朴等。关剧一大特点是"旦本"多于"末本",塑造了一系列女性形象,多是为珠帘秀量体裁衣打造的。他们在长期交往和密切合作中互相阐发了对方的才情。书会才人与表演艺人的结合,使他们当时创作出来的剧本多适合舞台演出,生活气息浓厚,为大多数人所喜闻乐见。像关汉卿的几乎每一部剧作,都可以说是为舞台表演而创作的,《救风尘》《望江亭》《窦娥冤》等,都是可以从人物的对话中听出人物性格、想象出舞台表演情景来的。可以想见,这里面有着艺人的主意、点子。

关汉卿,中国戏曲史上最多产、最伟大的剧作家,世界文化名人之一,却在中国历史上名不见经传,生平事迹零碎难考。我们只知道他生活于十三世纪,只知道"汉卿"是他的字,他还有个号为"一斋"(或作"已斋叟"),他的"大名"却已湮没不彰。《录鬼簿》说他是"大都人",另两种说法说他是"祁州(今河北安国)"人、"解州"人。这些地方正是元杂剧的发祥和流行之地。关于他的家庭出身也有两种说法:"太医院尹"、"太医院户",看来不是他本人就是他的家族与太医院有或多或少的关系。但他一生的精力,他主要的人生价值和成就,则投注和体现在当时正如火如荼、蓬勃兴起的朝阳事业——元曲事业上。他没有功名,"不屑仕进"(《青楼集序》),也没有传统文人士大夫妄自尊大和迂腐习气。他是封建时代的叛逆,传统儒士的不肖子孙。封建文人讲求"德才兼备"、"道德文章","德"在"才"前;关汉卿们却突出一个"才"字、专用一个"才"字——才人,这可是一个前不见古人的称谓!

关汉卿首先是个才子,其次是个"浪子"。长期活跃于勾栏瓦舍,《元曲选序》说他"躬践排场,面傅粉墨,以为我家生活,偶倡优而不辞",正是这样的与演艺人厮混、将演艺人看作"我家"兄弟,将演艺生涯看作"我家生活",才使他写出如此许多本色当行的杂剧剧本,直至今天依然没有人能在多产上超过他。若是没有热情,若不是酷爱,这是不能想象的。汉卿是一个多才多艺之人。他自己说会围棋、蹴鞠、双陆、打围、插科、歌舞、吹弹、咽作、吟诗(《南吕一枝花·不伏老》)。他"生而倜傥,博学能文,滑稽多智,蕴藉风流"(《析津志》),他"珠玑语唾自然流,金玉词源即便有,玲珑肺腑天生就"（贾仲明吊词），所以，他才能"驱梨园领袖，总编修帅首，捻杂剧班头"，成为一代之冠，成为一个时代的光荣。

关汉卿是个大玩家。他最擅长把握戏剧的游戏本质，他的剧作无论在内容还是形式上都具有一种游戏品格。他在剧中有意错位，有意变形，"状元母亲"一开口说话就成了农村大娘，"学士夫人"竟在"一夕江亭"全然不"顾及夫人之失尊"（吴梅《〈望江亭〉跋》），他在《鲁斋郎》里玩了个文字游戏，就斩了这惯于玩弄女性的流氓；他在《四春园》里推出了一档猜谜游戏，凭此弄清了案情真相。他的那些以历史事件、历史人物为题材的剧作中，充满着"戏说"的成分。他自己说的，"单刀会"简直是个"赛村社"；李存孝的塑造也离历史的真实很远。这分明在告诉我们：戏就是戏，它与"游戏"可是合用着一个"戏"字呢！他的曲辞"如琼宴醉客"，令人饮而陶醉；他的科诨又令人喷笑。他剧作的深意，那些沉重感、分量，都是要在回味中才能获取的。

长期以来，关汉卿有着许多被误读的地方。

1957年，关汉卿被评上世界文化名人，国内为此大大地忙碌了一番。待一个被这样那样阐释过的关汉卿推到世人面前，已是个一脸正气的斗士。当然不错。但怎么看怎么不像关汉卿，倒有几分像杜甫。其实关汉卿是有自画像的。他自己不忌讳"蒸不烂煮不熟"、"郎君领袖"、"浪子班头"。他对我们说：看戏很好玩，写戏很好玩。他对我们说：看我的戏认不得真。现在是恢复汉卿大玩家真面目的时候了，现在是重新评估"大玩家"价值的时候了。"让戏剧回归游戏本质"，应该是戏剧创作和评论研究共同的口号。

关汉卿一生创作了六十多本杂剧和许多散曲，我们现在尚能读到的，有杂剧十八种，散曲二十四首（套），本书选择其十二种杂剧和十一首（套）散曲评述之，于关汉卿作品也能窥其一斑了。

一、窦娥冤

《窦娥冤》全名《感天动地窦娥冤》。

《窦娥冤》是关汉卿的代表作,是元杂剧中最富有现实意义的剧本之一,是典型的中国古典悲剧,即便是放置于世界大悲剧之林亦毫无愧色。窦娥受冤枉被斩首,感天动地,楚州出现了一系列的怪现象:血溅白练、六月下雪、三年干旱。直至窦娥诉冤于父报仇雪恨后,天象才恢复正常。

《窦娥冤》在艺术构思上借用民间广为流传的"东海孝妇"的故事外壳。说从前东海一个孝妇,年轻守寡,侍候婆婆甚勤。后来婆婆自杀,小姑诬告,太守误判,妇被斩首后三年大旱,直至平反后天才恢复下雨。

这类传说和像《窦娥冤》这样的戏剧,之所以能在民间如此长久地传诵、流行,表明了"天人感应"的俗信和借助天力报仇雪冤的信念是非常深入人心的。

本剧主题鲜明,情感浓烈,语言洗练,人物形象如浮雕一般凸出平面,具有立体感,致使"窦娥"成了中国式复仇女神的象征,"窦娥冤"成了千百年来一切冤狱错案的代名。

故事的"来龙"是这样的:

楚州穷书生窦天章,借蔡婆婆二十两银子的高利贷,连本带利须还四十两,因无力偿还,只好把小女端云抵押给蔡家当童养媳,自己则上京应举而去。在四折正剧之前有一个"楔子",就是用作表达故事之"来龙"的。首先上场的是蔡婆婆(由卜儿扮演),她上场吟诗四句:

花有重开日,人无再少年。不须长富贵,安乐是神仙。(楔子)

元杂剧的每个上场人物几乎都要先吟一段"上场

诗"。"上场诗"可以说是这个剧中人的第一亮相,相当于南戏剧中人的"自报家门"。元杂剧时代有许多这种打油诗、顺口溜之类的小诗供剧作家们选择,根据人物类型往上套便可。这大概可谓中国戏曲的类型化、程式化的早期原因之一。像蔡婆婆的这首"上场诗"一看便知是用在中年人身上的。类似的还有"月过中秋光明少,人到中年万事休"等。但关汉卿却不是那种图省事、随便套的俗手。他笔下的"上场诗"也是塑造人物的手段。瞧这蔡婆婆上场后一会儿,读书人窦天章上场,他的"上场诗"就有大不相同的色彩了:

读尽缥缃万卷书①,可怜贫杀马相如②。

汉庭一日承恩召,不说当垆说《子虚》③。(同上)

① 缥缃:缥,青白色丝织品。缃,浅黄色丝织品。古人以此做书套,后代称贵重书籍。

② 马相如:司马相如的省文。

③ 当垆:司马相如当年曾与卓文君私奔,卓文君沽酒当垆。

《子虚》：指汉武帝读到司马相如的《子虚赋》大为赞赏，召他到朝廷做官之事。

显然，这几句"上场诗"就文绉绉得多，还用了典故，非常符合上场人物的身份、学识。而杂剧反面人物的塑造，则显得非常脸谱化，这一点，从他们的"上场诗"中首先能看出。请看第一折赛卢医的"上场诗"：

行医有斟酌，下药依《本草》①。死的医不活，活的医死了。（第一折）

① 《本草》：指《神农本草经》等药书。

这就像在小丑的鼻梁上涂的那块白，观众一眼看去就能分辨出好人坏人来。中国戏曲反面人物是将自己的"劣迹"挂在口上，挂在脸上的。这真是一种非常经济、非常奇特的艺术表现手法。

端云进了蔡家，改名窦娥，搬到山阳县居住，十年后完婚,不久守寡。当窦娥在本剧第一折出场的时候,她已经守寡三年了。一个刚刚二十岁的弱女子,唯一的亲人远在天边,做童养媳多年,好容易圆了房,婚姻又如此短寿,怎不叫她常常长吁短叹、自怨自艾?

〔仙吕点绛唇〕满腹闲愁,数年禁受①,天知否? 天若是知我情由,怕不待和天瘦②。

〔混江龙〕则问那黄昏白昼,两般儿忘餐废寝几时休? 大都来昨宵梦里,和着这今日心头。催人泪的是锦烂漫花枝横绣闼,断人肠的是剔团圞月色挂妆楼③。长则是急煎煎按不住意中焦,闷沉沉展不彻眉尖皱。越觉得情怀冗冗,心绪悠悠。

〔油葫芦〕莫不是八字儿该载着一世忧④,谁似我无尽头! 须知道人心不似水长流。我从三岁母亲身亡后,到七岁与父分离久,嫁的个同住人他可又拔着短筹⑤,撇的俺婆妇每都

把空房守，端的个有谁问，有谁偢⑥？（同上）

① 禁受：忍受。

② 和：连带。

③ 剔团圞：即"滴溜溜的圆"之意。团圞，即圆。

④ 八字儿：以干支排列的生辰，代指命运。

⑤ 短筹：喻短命。古人拔竹筹算命，筹子上数字小的谓短筹。

⑥ 偢：理睬。

　　这是一篇弱女子的"天问"。自己数年的忍受，自己心中的怨愁，远在天边的父亲不会知道，近在眼前的婆婆未必知道，可是老天爷，您是应该知道的！春去春来、月缺月圆，为什么总是我落泪断肠？我这样心中焦虑烦闷究竟为哪般？我母死夫丧，父亲一去不返，二十岁的生命里已有过太多的生离死别，若不怪自己命不好还能怪哪个？老天爷，听了我这番哀哀诉说，怕要连累您老人家和我一起消瘦了吧？

　　本剧第三折窦娥临死前还有一篇"天问"。两篇

"天问"是值得放在一起对照着阅读的。

关汉卿实在是个写曲高手！看似些随手拈来的家常话,细品之,则能体味到中国传统韵文的多种养分。"满腹闲愁,数年禁受","催人泪的是锦烂漫花枝横绣闼,断人肠的是剔团圞月色挂妆楼",用的都是对偶的修辞手法,但前者像词,后者才是典型的曲之对偶——添有那么多的衬字,使曲词读起来十分淋漓酣畅。任中敏先生曾说:"词敛而曲放",置于关汉卿的这组曲中视之,正是非常贴切。戏曲人物一上场总先来几句舒缓的引子,曲词少而拖腔长,然后才逐渐过渡到密密匝匝数板似的唱。关汉卿既继承了传统诗词的养料,又有许多曲的创造,读了上面一组曲,便能知道他这"两手"都很过硬。

蔡婆婆是靠放高利贷维持生计的。这一天她去讨债差点让欠债人用绳子勒死。救下她的张驴儿父子竟是一对泼皮,他们乘机进驻蔡家,吃蔡家的,用蔡家的,还打算将她们婆媳一人分一个。下面一段〔一半儿〕是婆婆刚回家时窦娥对她的问话:

　　〔一半儿〕为甚么泪漫漫不住点儿流？莫
不是为索债与人家惹争斗？我这里连忙迎接
慌问候，他那里要说缘由。则见他一半儿徘徊
一半儿丑。(同上)

　　元杂剧是一人主唱体，曲唱在剧中的作用大致有四
种：或抒情，或叙事描绘，或参与对话，或重复说白，这
首曲是第二种与第二种效用的连缀。窦娥不明白婆婆
为什么泪流满面，她猜想一定是讨债出了事，没想到婆
婆欲语而止，"一半儿徘徊一半儿丑"，吞吞吐吐羞愧难
言。她哪里猜得到她们家已经是大祸临头了！最后一
句的两个"一半儿"，正是〔一半儿〕曲的定格。读这支
曲子，仿佛看见剧中人窦娥在对着婆婆唱问了两句之
后，又对观众唱叙几句，以描述婆婆的神情。像这样能
从曲词读出舞台表演来的、富有戏剧性的文字，在关汉
卿剧作中比比皆是。

　　流氓张驴儿父子到底还是赖在了蔡家。儿子张驴
儿要霸占窦娥，一进门就自吹自擂道："帽儿光光，今日

做个新郎;袖儿窄窄,今日做个娇客。好女婿,好女婿,
不枉了,不枉了。"一副流氓腔。他理所当然地遭到了
窦娥的拒绝。于是张驴儿想药死蔡婆,好威逼窦娥就
范。就在蔡婆婆生病时,他往蔡婆要吃的羊肚儿汤里放
了毒药,没想到结果却药杀了误食此汤的张父。婆婆被
眼前这突如其来的死人事件吓哭了,窦娥便说了一大通
话语劝解婆婆:

〔斗虾蟆〕空悲戚,没理会,人生死,是轮
回。感着这般病疾,值着这般时势,可是风寒
暑湿,或是饥饱劳役,各人证候自知。人命关
天关地,别人怎生替得?寿数非干今世。相守
三朝五夕,说甚一家一计。又无羊酒缎匹,又
无花红财礼;把手为活过日,撒手如同休弃。
不是窦娥忤逆,生怕旁人论议。不如听咱劝
你,认个自家悔气,割舍的一具棺材停置,几件
布帛收拾,出了咱家门里,送入他家坟地。这
不是你那从小儿年纪指脚的夫妻。我其实不

关亲,无半点恓惶泪。休得要心如醉,意似痴,便这等嗟嗟怨怨,哭哭啼啼。(第二折)

这首曲子的好处,并不在窦娥讲的话有多大的道理。它的好处,正如王国维先生指出的:"此一曲直是宾白,令人忘其为曲",明白如话,直抒胸臆。曲文共表达了好几层意思,生死由命啦,无亲无故哭什么啦,算我们倒霉破费给他送葬啦等等,中间还夹杂着"不是窦娥忤逆"之类的自我辩白。通读全曲,像是听着窦娥絮絮叨叨地说个没完,想到哪里说到哪里似的。一个未甚经事的小女子,突然碰到了死人事件,又要装出坚强和有能力对付的样子来,不然张驴儿更要猖狂了,讲很多很多的话来掩饰内心的不安惧怕,又难免语无伦次。这段曲文正是处此特定环境中之窦娥的绝好表现。也不讲究启承转折,也不讲究过渡呼应,连韵脚也看不出着意在押,却又是合辙叶韵,毫无闪失。还是王国维,他在赞美元剧的"最佳之处"时说:"写情则沁人心脾,写景则在人耳目,叙事则如其口出。"本曲正符合其言之第三条。这是一种很高的境界。如此平易又如此生动，如此平易生动又如此符合剧中人的口吻，实在不是容易达到的！

张驴儿阴差阳错反而药死了自己的老子，便利用这事故要挟窦娥婆媳，问她要"官休"还是"私休"，窦娥不信那个邪，说一句"情愿和你见官去来"，就跟着来到了公堂。没想到桃杌太守是贪官加昏官，他在"上场诗"中说："我做官人胜别人，告状来的要金银。"那无赖相，直与赛卢医同调。张驴儿拖着窦娥婆媳前来告状，向桃杌太守下跪，他竟也赶紧趴跪在地上，还振振有辞地说："但来告状的，就是我衣食父母。"活画出贪官的卑劣嘴脸。

窦娥开始时对官衙还抱有希望。她口齿伶俐地讲述了事情的前因后果之后，又用一段唱简要重复了讲述的内容：

〔牧羊关〕大人你明如镜，清似水，照妾身肝胆虚实。那羹本五味俱全，除了外百事不知。

他推道尝滋味,吃下去便昏迷。不是妾讼庭上胡支对,大人也却教我平白里说甚的?（同上）

这就是曲唱在抒情、叙事、对话之外的第四种效用:重复说白。重复说白,那是因为这段说白重要。窦娥在公堂上坦然应对,对答如流,她知道这段话举足轻重,便用唱再来复述一遍。她没做亏心事,脸不变色心不跳,没想到等待着她的竟是重刑。

桃杌太守收受贿赂不算,还信奉"人是贱虫,不打不招",把窦娥打得一而再再而三地昏死过去。死去活来之际,窦娥唱出了以下三曲:

〔感皇恩〕呀!是谁人唱叫扬疾①,不由我不魄散魂飞。恰消停②,才苏醒,又昏迷。捱千般打拷,万种凌逼。一杖下,一道血,一层皮。（同上）

〔采茶歌〕打的我肉都飞,血淋漓,腹中冤枉有谁知!则我这小妇人毒药来从何处也?

天那,怎么的覆盆不照太阳晖③!

　〔黄钟尾〕我做了个衔冤负屈没头鬼,怎肯
便放了你好色荒淫漏面贼④!想人心不可欺,
冤枉事天地知,争到头,竞到底,到如今待怎
的?情愿认药杀公公,与了招罪。婆婆也,我
若是不死呵,如何救得你?(第二折)

① 唱叫扬疾:大声喧哗,此处指公堂差人的吆喝。

② 消停:停止。

③ 覆盆不照太阳晖:盆儿覆地,里面就一片漆黑,故民间对冤
　案有"覆盆之冤"的说法。

④ 漏面贼:元代詈语,指胆敢公开作恶行凶的坏人。

　被打得遍体鳞伤的窦娥,受到"喷水"刺激,悠悠然
魂兮归来,听觉跟着恢复。首先震动耳膜的是差役们狐
假虎威的叫喊,不由她再度魂飞魄散。〔感皇恩〕这首
曲子是富有戏剧动作的,我们可以想象剧中人窦娥一边
唱曲一边抚臂抱肩,以表现她伤痕累累的情景。如果说

这一曲是纯抒情的话,那么后两曲就有好几句对话夹杂在里边。"则我这小妇人毒药来从何处也"是对昏官的责问,"怎么的覆盆不照太阳晖"是对天的呼喊,"我做了个衔冤负屈没头鬼,怎肯便放了你好色荒淫漏面贼"是对泼皮张驴儿的吼叫,"我若是不死呵,如何救得你"则是对糊涂婆婆的提醒。这几句,都是可以加上引号的。时而抒情、时而叙事、时而对话,进进出出、来来去去,这样自如,也惟有关汉卿这样的"当行家"做得到。

元杂剧的结构一般由四折一楔子组成,楔子交代人物出场,四折分别敷演故事的发生、发展、高潮、结局,《窦娥冤》在这方面堪称典型。第三折,正是全剧矛盾冲突的高潮所在。在这折一开始,监斩官上场吩咐断绝行人来往,鼓三通、锣三通后,窦娥披枷带锁被押了上来,戏剧气氛骤然紧张。窦娥一上场就连唱了两首曲子,以"带过曲"的形式淋漓尽致地宣泄了临刑前的怨恨。这是全剧的重点唱段,是窦娥最后觉醒的标志。

在实际舞台演出中,这一场的窦娥是一副囚犯打扮,带锁披枷,两手不得动弹。因此,这里窦娥的内心世界,窦娥身上的"戏",都是靠面部表情、靠唱来表达的。这是一出唱功戏,要演得好很有些难度,因此,后世的戏曲舞台上,表演"斩娥"(法场)是对演员的一种考验,演好"斩娥"是青衣行当成功的一个标志。

〔正宫端正好〕没来由犯王法,不提防遭刑宪,叫声屈动地惊天!顷刻间游魂先赴森罗殿①,怎不将天地也生埋怨。

〔滚绣球〕有日月朝暮悬,有鬼神掌著生死权。天地也只合把清浊分辨,可怎生糊突了盗跖颜渊②?为善的受贫穷更命短,造恶的享富贵又寿延。天地也做的个怕硬欺软,却元来也这般顺水推船。地也你不分好歹何为地? 天也你错勘贤愚枉做天! 唉,只落得两泪涟涟。

(第三折)

① 森罗殿:即阎罗殿,迷信中阎王审理案件的地方。
② 糊突:即"糊涂",这里是混淆的意思。盗跖:跖是传说人

物,据说是反抗贵族统治的英雄,被统治者污蔑为"盗"。

颜渊:孔夫子弟子,贫而好学,被看作贤人的代表。

〔端正好〕首二句,"没来由"的一个"没"字,"不提防"的一个"不"字,点出了窦娥不能自主的悲剧命运,也点出了她所身处社会的黑暗。执法机关可以在"没来由"即毫无根据的情况下判人死刑,普通人会在毫"不提防"的情况下丢掉性命,可见这所谓的"王法"是什么东西。前一曲之末句"怎不将大地也生埋怨"承上启下,过渡到下面的〔滚绣球〕曲,埋怨天地的具体内容。中国人向有"天人合一"的思想,认为天地也像人一样有眼睛能思维,能够辨别是非,所以有"天知地知你知我知"的说法。窦娥觉得自己叫的那声"屈"已经惊动了天地,索性就一路跟天地直接喊话。她强调天地的使命就是"把清浊分辨",却怎么这样的善恶混淆?"为善的"之后两句对偶,揭示了是非颠倒、贫富悬殊、阶级对立的社会现实。这正是造成"窦娥冤"的背景!诉到这里,窦娥的怨愤情绪和控诉猛然冲到高处,汇成滚滚滔滔的激流,去撞击"天地"神圣不可侵犯的地位,揭露"天地"伪善的真实面貌:"怕硬欺软"、"不分好歹"、"错勘贤愚"。这在修辞上是拟人手法。窦娥谴责的,本来就是一群人。在封建社会,"天地"往往是封建王朝乃至最高统治者的代名。元代社会冤狱累累,屈死之人不计其数,关汉卿敢于正视血淋淋的社会现实,继承杜甫"朱门酒肉臭,路有冻死骨"式的现实主义文学传统,用戏剧形象加以暴露,借剧中人之口加以鞭笞,由此可见作者关汉卿进步的思想和作品深刻的人民性。

这是又一则"天问",呼天抢地,咒天骂地。可是天聋地哑,无人理睬窦娥的责问。窦娥,又返回到无告的位置:"唉,只落得两泪涟涟。"有人说这一句显得过于软弱。其实,惟其如此才是窦娥,才是被侮辱被损害的、不能主宰自己命运的窦娥——千千万万中国封建社会女性的缩影。从戏曲演唱看,这样一推一跺一起一落,才能成就跌宕起伏的戏剧效果。

窦娥在走向刑场的途中对刽子手提了一点要求:走后街不要走前街,怕婆婆看见了伤心。但婆媳终究还是相见了。婆婆见到媳妇"披枷带锁赴法场餐刀",立时就哭将下来。窦娥向婆婆又一次详告自己的冤情始末,然后唱了下面的两支曲:

〔快活三〕念窦娥葫芦提当罪愆①,念窦娥身首不完全,念窦娥从前已往干家缘②,婆婆也你只看窦娥少爷无娘面。

〔鲍老儿〕念窦娥伏侍婆婆这几年,遇时节将碗凉浆奠;你去那受刑法尸骸上烈些纸钱③,只当把你亡化的孩儿荐。婆婆也再也不要啼啼哭哭,烦烦恼恼,怨气冲天。这都是我做窦娥的没时没运,不明不暗,负屈衔冤。(同上)

① 葫芦提:糊里糊涂。
② 干家缘:做家务。
③ 烈:烧。

窦娥絮絮地与婆婆诀别。一连串"念窦娥"的排比,是窦娥对婆婆的反复告诫:今后不要忘记她。这在窦娥形象的总体塑造上,并非闲笔。一方面,再次表明窦娥与婆婆相依为命的关系,生做蔡家人死为蔡家鬼;另一方面,表明窦娥强烈的生的渴念,死后也要过年过节、吃饭花钱。更让人痛心的是,她想象的死后也像生时一样摆脱不了童养媳地位,一定要吃不了、花不了的才轮到她,还要看在她亡夫的面子上。为了劝婆婆不要再哭,窦娥说都是自己时运不济,命不好。多么惨痛的语言!多么惨痛的现实!鲁迅说悲剧是"把有价值的东西毁灭给人看",窦娥这样年纪轻轻的女子,这样活泼泼的血肉之躯,顷刻间就要毁灭了,怎不令人痛惜!

曲牌〔快活三〕,唱的内容却一点儿都不"快活",可见元曲时代的曲牌,只表明音乐曲调的进入,与原有的内容无关。两宋民间"舞队"有《快活三郎》、《快活三娘》的名目,估计〔快活三〕正源于此。只采用曲调,舍弃对男女演员的规定,就成"快活三"了。

行刑斩首的时辰到了。窦娥忽然昂扬起精神,用五段说白交杂四首曲子,向监斩官,也是向整个世界发下了"三项誓愿"：第一是"血溅白练"，第二是"六月飞雪"，第三是楚州地区"亢旱三年"：

（正旦云）要一领净席，等我窦娥站立；又要丈二白练，挂在旗枪上：若是我窦娥委实冤枉，刀过处头落，一腔热血休半点儿沾在地下，都飞在白练上者。（监斩官云）这个就依你，打什么不紧①。（刽子做取席站科，又取白练挂旗上科。）（正旦唱）

〔耍孩儿〕不是我窦娥罚下这等无头愿，委实的冤情不浅；若没些儿灵圣与世人传，也不见得湛湛青天。我不要半星热血红尘洒，都只在八尺旗枪素练悬。等他四下里皆瞧见，这就是咱苌弘化碧②，望帝啼鹃③。

（正旦再跪科，云）大人，如今是三伏天道，若窦娥委实冤枉，身死之后，天降三尺瑞雪，遮掩了窦娥尸首。（监斩官云）这等三伏天道，你便有冲天的怨气，也召不得一片雪来，可不胡说！（正旦唱）

〔二煞〕你道是暑气暄，不是那下雪天；岂

不闻飞霜六月因邹衍④？若果有一腔怨气喷如火,定要感的六出冰花滚似绵⑤,免着我尸骸现;要甚么素车白马⑥,断送出古陌荒阡!

(正旦再跪科,云)大人,我窦娥死的委实冤枉,从今以后,着这楚州亢旱三年!(监斩官云)打嘴!那有这等说话!(正旦唱)

〔一煞〕你道是天公不可期,人心不可怜,不知皇天也肯从人愿。做甚么三年不见甘霖降?也只为东海曾经孝妇冤⑦。如今轮到你山阳县。这都是官吏每无心正法⑧,使百姓有口难言。

(刽子做磨旗科,云)怎么这一会儿天色阴了也?(内做风科,刽子云)好冷风也!(正旦唱)

〔煞尾〕浮云为我阴,悲风为我旋,三桩儿誓愿明题遍。(做哭科,云)婆婆也,直等待雪飞六月,亢旱三年呵,(唱)那其间才把你个屈死的冤魂这窦娥显。(同上)

① 打什么不紧：有什么要紧。

② 苌弘化碧：苌弘，周时之忠臣，后无辜被杀，鲜血化碧玉，不
见尸体。

③ 望帝啼鹃：蜀王杜宇，号望帝，后被逼逊位，灵魂化作杜鹃，
啼声哀怨。

④ 邹衍：战国时燕国忠臣，被谗下狱，仰天大哭，感动上苍，夏
日降霜。

⑤ 六出冰花：指雪，因雪为六瓣形晶体。

⑥ 素车白马：东汉时，范式乘坐白车白马迢迢远道前去凭吊
好友张劭。后用以代指送葬。

⑦ 东海孝妇：相传汉东海有寡妇周青，因婆母自缢被诬告判
斩，血顺竹竿倒流，东海大旱三年，皆如周青预言。后平反
昭雪天才重降甘霖。《窦娥冤》在构思上借用了"东海孝
妇"的外壳。

⑧ 每：即"们"，元曲中常见。

　　以上四曲，是本折，也可以说是全剧的中心唱段。
窦娥提出的"三项誓愿"，在现实生活中都是不可能实
现的，但在作者笔下、在舞台表演中一一应验。这些超

现实艺术手法的意义在于：一、表明窦娥冤痛之深，竟使天地改色、四季错移；二、反映了窦娥的至死不屈的反抗精神。剧作中，关汉卿刻画了窦娥性格的发展：从善良懦弱到初露锋芒到坚强反抗，而"至死不屈"正是她反抗精神的顶峰。三、从戏剧敷演的角度看，只有这样，才能在短短的时间里将窦娥之冤形象地公之于众。另外，白练、白雪都表明窦娥的清白。窦娥在曲中提到历史上的四个冤魂，他们是：苌弘、杜宇、邹衍、东海孝妇，这些典故，在当时家喻户晓，十分深入人心，但自从《窦娥冤》问世以来，上述典故就较少为人所用，而"窦娥冤"却反而成了后世冤案、冤狱、冤魂的代名。窦娥，一个本来就乏力的小女子，如今又被缚了双手，只能将证明自己清白的希望寄予自然界。她至死不服，一息尚存，依然要呼风唤雪，惊天地泣鬼神。

　　〔煞尾〕一曲，总括以上三曲，全用口语写出，不像韵文却句句押韵合律，唱起来朗朗上口又如脱口而出，特别是末句夹有多个衬字："那其间才把你个"、"的"、"这"等，使窦娥留在人间的最后一声哭喊显得如此淋漓晓畅,磅礴饱满。

转眼三年过去了。窦娥的父亲以"肃政廉访使"的身份来到楚州。窦娥的鬼魂在经历了长时间等待之后,终于盼来了报仇雪恨的机会。她要托梦给父亲。她急急忙忙地走近父亲,走近已多年不见了的她的惟一亲人,她唱道:

〔双调新水令〕我每日哭啼啼守住望乡台①,急煎煎把仇人等待,慢腾腾昏地里走,足律律旋风中来②,则被这雾锁云埋,撺掇的鬼魂快③。(第四折)

① 望乡台:古人相信人死之后登上望乡台可以遥望家乡,以慰思念。
② 足律律:急速貌,一说此为拟风声之词。
③ 撺掇:催促,怂恿。

这是窦娥以"魂旦"扮演上台后的第一段唱。通过

曲辞,我们可以想见魂旦出场时的独特身段。元杂剧的
角色行当已初步确定,魂旦,应该被看作旦行中的一项,
其与正旦、贴旦、搽旦等自有不一样的要求和规则:歌
喉需颤颤巍巍,步履要轻轻灵灵,上身不动,让人看起来
像随风飘来似的。这才能表现"慢腾腾昏地里走,足律
律旋风中来"的状态。直至今天,我们仍能在戏曲舞台
上领略"魂旦"表演的独特美感:杜丽娘、李慧娘、敫桂
英还有阎婆惜等,这不能不感念元杂剧时就已经开始积
累的艺术经验。

窦娥还是见着父亲了。她冲破门神户尉的阻拦,终
于走到父亲跟前。她叫一声"爹",三次弄暗灯火,三次
将自己的案卷翻到最上面好让父亲看见。她的灵魂显
形后,把自己的冤情一五一十向父亲详告。又与仇人张
驴儿对辩公堂:大声斥责、举手痛打。她对父亲说:自
己的屈打成招是为了婆婆免遭皮肉之苦,自己对"覆
勘"抱有幻想以及这一幻想的毁灭:

〔梅花酒〕你道是咱不该这招状供写的明

白,本一点孝顺的心怀,倒做了惹祸的胚胎。我只道官吏每还覆勘,怎将咱屈斩首在长街!第一要素旗枪鲜血洒,第二要三尺雪将死尸埋,第三要三年旱示天灾:咱誓愿委实大。

〔收江南〕呀,这的是衙门从古向南开①,就中无个不冤哉!痛杀我娇姿弱体闭泉台②,早三年以外,则落的悠悠流恨似长淮。(同上)

① 的是:确实是。
② 泉台:坟墓。

中国旧时有民谚曰:"衙门从古向南开,有理无钱莫进来。"关汉卿稍作修改,后一句作"就中无个不冤哉",对吏治黑暗、冤狱遍地的元代社会的抨击更为有力。从曲词写作上看,这两首"带过曲"依然是口语与诗语的结合:既有"本一点孝顺的心怀,倒做了惹祸的胚胎"的明白如话,也有"则落的悠悠流恨似长淮"的诗情画意,最为难得的是两者结合得如此天衣无缝!

〔鸳鸯煞尾〕从今后把金牌势剑从头摆，将滥官污吏都杀坏，与天子分忧，万民除害。嘱咐你爹爹，收养我奶奶。可怜他无妇无儿，谁管顾年衰迈！再将那文卷舒开，屈死的于伏罪名儿改①。（同上）

① 于伏：《古名家杂剧》本作"招伏"，屈招、诬伏之意。

窦娥的冤屈终于得到了平反。桃杌太守革职，张驴儿和赛卢医一并问斩。但天下的"窦娥"何止一人！"从今后把金牌势剑从头摆，将滥官污吏都杀坏"，愿人间不再有"窦娥冤"，这正是普天下老百姓的一致愿望！唱到这里，窦娥突然话题一转，请求父亲照看她孤苦伶仃的婆婆，真是个善良的女子！

从第四折全折看，"魂旦"窦娥已全然是个复仇女神的形象。我们知道，提倡反抗精神是中外文艺久有的传统题旨。中国古神话中有"刑天舞干戚"的故事，说刑天被砍去了头，便以乳为目以肚脐为嘴，依旧持板斧盾牌反抗斗争;古希腊神话则有以"厄里倪厄斯"为名的三个复仇女神,一手举火,一手举蝮蛇拧的鞭子专门惩处人类罪行。以"魂旦"出现的窦娥,正是女性"刑天"、具有汉民族特色的"厄里倪厄斯"。她继承的是上古神话反抗暴力的积极战斗精神,而不是宗教迷信中一味劝善劝谅的消极情绪。关汉卿以"鬼魂报仇"这样的荒诞情节,有意违背或脱离社会生活的外在真实,为的是创造一种舞台奇观,创造一种艺术氛围,以便追求超越生活表象的内在真实。从这个意义上看,此第四折是第三折的延续和另一种表现,正是这两折的相衔相接、相辅相成,才最终完成了窦娥死不瞑目、至死不屈的悲剧形象。

《窦娥冤》问世后,得到过许多高度评价。明代戏曲家孟称舜评点《窦娥冤》说:"汉卿曲如繁弦促调风雨骤集,读之觉音韵泠泠,不离耳上,所以称为大家……《窦娥冤》剧词调快爽,神情悲吊,尤关之铮铮者也。"他认为此剧在关汉卿剧作中也是佼佼者。近人王国维先生更是从思想内容上给《窦娥冤》以无与伦比的评价:

"明以后,传奇无非喜剧,而元则有悲剧在其中。""其最有悲剧之性质者,则如关汉卿之《窦娥冤》、纪君祥之《赵氏孤儿》,剧中虽有恶人交构其间,而其蹈汤赴火者,仍出于其主人翁之意志,即立于世界大悲剧中亦无愧色也。"

《窦娥冤》问世后,她的舞台生命也极其漫长。明代有叶宪祖的改编本《金锁记》传奇;清代花部也有《窦娥冤》;近现代的徽剧、汉剧、川剧、秦腔、晋剧、评剧、湘剧、桂剧、滇剧及一些地方的梆子戏,都有同名或改名的剧目,不少还是保留剧目。另外,南北方的一些曲艺,像影戏、鼓词、宝卷、子弟书等,也有很多以窦娥故事为题材的节目。新中国成立后,特别在1958年关汉卿被评为"世界文化名人"前后,全国各地更出现了一大批《窦娥冤》改编本,京剧、越剧、豫剧、黄梅戏、歌剧等剧种都有。它们多以关汉卿的杂剧作品为蓝本,摆脱了《金锁记》封建伦理道德的窠臼,同时根据时代精神又有所提高。江苏昆剧团还基本上按关汉卿原作演出过《窦娥冤》。

《窦娥冤》现有版本三种,《元曲选》本、《古名家杂剧》本、《酹江集》本。兹用《元曲选》本。

二、蝴蝶梦

　　《包待制三勘蝴蝶梦》杂剧,简称《蝴蝶梦》,明《古名家杂剧》和《元曲选》本都题其为关汉卿作,天一阁《录鬼簿》和《太和正音谱》关汉卿名下也有著录。

　　剧情梗概是:王家夫妇有三个儿子,都爱好读书。一日,王老汉被皇亲葛彪打死,儿子们去寻葛彪评理,失手结果了葛彪的性命。几乎同时,包龙图做了个奇怪的梦,梦中只见一只大蝴蝶从蜘蛛网上救出两只小蝴蝶,却置第三只小蝴蝶于不顾,包公前去救下了那只可怜的小蝴蝶。醒来审理王家案子。王婆婆在犹豫再三后,请求包公放了王大(金和)、王二(铁和),让王三(石和)前去抵命。包公弄清楚王大、王二为前妻所生,王

三反而是王婆婆之亲生,大为感动,于是明白了梦之
征兆。他决心像梦中救小蝴蝶一样救助王三,用"掉
包计"杀了盗马贼赵顽驴,放王三回家与母亲兄长
团圆。

　　与《鲁斋郎》剧有一个相似点是:《蝴蝶梦》虽也是
题名"包待制"的公案剧,但阐述的主题,却是"继母大
贤",所塑造的最成功的人物形象,也是这位大贤大德
的继母王婆婆。《列女传》有《齐义继母》,叙齐宣王时
一家两个儿子争认自己打死人,宰相问其母,母泣而对
曰:"杀其少者",而这小儿子正是她所亲生,宣王得知
真相后,并赦二子。明人笔记中也有"北人好谈继母大
贤"的记载。作为北地戏剧的《蝴蝶梦》杂剧,恐怕正是
在这样的历史传说、社会氛围中诞生的吧!

　　〔金盏儿〕苦孜孜,泪丝丝,这场灾祸从天
至,把俺横拖倒拽怎推辞!一壁厢磕可可停着
老子①,一壁厢眼睁睁送了孩儿。可知道"福
无重受日,祸有并来时"。(第一折)

① 一壁厢：一边。碜可可：凄惨可怕状，北方方言至今保留
　　此词。

　　这是大祸临头时王婆婆的一段唱。丈夫被仗势欺
人的葛彪打死，尸骨未寒，三个孩子一时义愤打杀了仇
人，眼睁睁地被公人带走，怎不让毫无思想准备的王婆
婆一时手足无措？一个普通人家的老婆婆，平日里丈夫
就是她的主心骨，中国女人向有"在家从父，出嫁从夫，
夫死从子"之说，对于王婆婆而言，她却在同一个时辰
里顿失两"从"！真是雪上加霜、祸不单行呵！王婆婆
只觉得被什么"横拖倒拽"似的，人都要零碎了！
　　案子落到包待制包大人手里。听此消息，王婆婆心
里存了些希望，她知道"开封府王条清正，不比那中牟
县官吏糊涂"（〔梁州第七〕）。在公堂上，她开始时一个
个地夸她的三个孩子，说打杀人的事情是自己所为，但
这样说难以取信，加上三个儿子也争先恐后地来争罪，
都说葛彪是由自己打死的。包公见此，只好一个一个试
探，他先装着要让大儿子抵命，王婆说他"好葫芦提（糊

涂)也",她解释说大儿子"孝顺",留下来好赡养老母;
包公又装着要带二儿子,王婆婆又责他"葫芦提",说二
儿子会"营运生理",自己养老离不开他,她唱道:

> 〔隔尾〕一壁厢大哥行牵挂着娘肠肚,一壁
> 厢二哥行关连着痛肺腑。要偿命,留下孩儿宁
> 可将婆子去。似这般狠毒,又无处告诉,手扳
> 定枷梢叫声儿屈。(第二折)

不舍大儿,难丢二儿,真所谓手心手背都是肉呵!
王婆婆还是据理力争要自己去赴死。待包公大人提到
三儿时,王婆婆却突然默认,再不责怪包公"葫芦提"
了。包公大怒,按照一般思路,认定两个大的是她亲生,
那个小的是领养来的,不料,事实真相正与此相反!她
说两个大的是前妻所生,自小没了亲娘,是由她这个继
母哺乳大的,小的却是她亲生亲养。与其三个孩子都
死,不如舍了自己的亲生儿吧:

> 〔菩萨梁州〕大哥罪犯遭诛,二哥死生别

路,三哥身归地府,干闪下我这老业身躯。大哥孝顺识亲疏,二哥留下着当门户,第三个哥哥休言语,你偿命正合去,常言道"三人同行小的苦",再不须大叫高呼。(同上)

包公受到了极大的震动。他说:"良贾深藏若虚,君子盛德,容貌若愚",真是人不可貌相呵!这样"为母者人贤,为子者至孝"的事迹竟出现在如此普通家庭,怎不令人感动。包公于是忆及午睡时做的那个"蝴蝶梦",想起梦境中自己救下的那只小蝴蝶,他暗下决心,要设法救助王家老三,为没有自救能力的善良百姓请命。但事属机密,加上包公一时还没有想出用什么巧妙的办法,所以公堂上还是要将王家三兄弟押去死牢。这第二折戏,就在母子生离死别的一片痛苦哭叫声中结束。

第三折敷演王婆探监的内容。三个儿子押在死囚牢里,生死未卜,做母亲的只得沿街乞讨,讨得一些饭食准备给孩子们吃。她来到牢门,求张千放她进去,张千开始嫌"灯油钱也无,冤苦钱也无",不肯答应,推说"罪

已问定,救不了的",要将她拒之门外,王婆婆于是对他唱了一首如泣如诉的〔脱布衫〕:

〔脱布衫〕争奈一家一计肠肚萦牵,一上一下语话熬煎,一左一右把孩儿顾恋,一捋一把雨泪涟涟。(第三折)

她的"一家一计",现在可以说全在这监牢里了,孩儿是母亲的全部,如今三个孩子都站在了生与死的临界线上,怎不让她"肠肚萦牵",放心不下? 她只觉得五内里上上下下,翻滚的都是欲对孩儿们告诫、倾诉的话语。她这个做母亲的,在养子和亲子之间从来都一碗水端平,甚至更顾怜没了亲娘的两个大孩子。她是个具有博大爱心的母亲,读到"一左一右把孩儿顾恋"这样的曲句,我们仿佛看到她扑进阴暗的牢房,左一声右一声地呼唤,左一口右一口地喂饭,左一句右一句地叮咛,左一个右一个地爱抚⋯⋯曲子的最后一句,落在了"泪"字上,泪如雨下,"一捋一把",怎么捋都捋它不完。

这支曲子连用四个"一……一……"的句型，从四个不同的侧面表达她这个做母亲的今日来探监的心情，首句强调一家人的血肉关联，二句突出自己欲见儿子而不能的煎熬心态，三句表现她博大无私的母爱，四句则较为客观地描绘了这位哭成个泪人儿般的母亲的外在形象。全曲语言朴素，感情深挚，用的全是民间口语但又经作者艺术提炼，有催人泪下的艺术力量。

第四折故事是在第三折情节的翌日发生的。前一日，母亲探监，终于把两个大的孩子带回家中，留下老三偿命，说是要"盆吊死"，让他们第二天去认尸。母子三人去到那里，果然有一具"血模糊"的尸首躺在那儿，王婆婆立即放声大哭起来：

〔沽美酒〕我将这老精神强打拍，小名儿叫的明白，你个孝顺的石和安在哉？则被他抛杀您奶奶，教我空没乱把地皮掴。

〔太平令〕空教我哭啼啼自敦自摔，百般的唤不回来。也是我多灾多害，急煎煎不宁不耐。(云)石和孩儿呵！(王三上,应云)我在这里！(正旦唱)教我左猜,右猜,不知是那里应来？呀,莫不是山精水怪？

王婆婆强打起精神,一声声地喊叫着三儿的小名,石和孩儿呵,你在哪儿？你就这样扔下母亲走了么？叫我没着没落地拍打地皮,捶胸顿足,痛哭流涕。她正这样哭喊着的时候,身后突然传来了一声应答,将王婆婆吓了一大跳。她不敢一下子回过头去看个究竟,她哆嗦了一下身子,心中飞快猜测,因不知那声音来自何方,她以为闹鬼了。她哪里知道,自己的亲生孩儿还活在世上,他们母子还有团圆的时刻！

上述两首相连的曲子很有些戏剧性动作。扬头呼唤,低首抹泪,跌扑在地,拍打痛哭,受惊呆立,不敢动弹,眼目转窥,猜疑不定……关汉卿很懂得利用误会法来构筑戏剧,来铺排情节,来推进故事,他的这些艺术手法,为许多后世戏剧家所继承。

中国自古就有"歌哭"的传统,特别是在女性中。

传说人物孟姜女就以善哭著称于世。因为在民间，人们有"哭能通神"的俗信，又有在亲人死后呼喊"招魂"的传统。《蝴蝶梦》第四折的这两首"带过曲"，可以看作是这样的歌哭、招魂相结合习俗的舞台表演。而整个剧作的构思，又建立在"梦兆"这一民间俗信的基础上。从这个意义上看，元杂剧，特别是关汉卿的剧作，实在是宋元时代民间风俗的一个宝库，是我们研究民俗文化取之不尽、用之不竭的资料库。

《蝴蝶梦》杂剧亦对后世影响不小。同为元代包公剧的《盆儿鬼》曾把它作为典故编入曲辞；明初杂剧《清河县继母大贤》剧情与《蝴蝶梦》大同小异；清代焦循《剧说》中介绍安庆"梆子腔"有《沉香阁太子劈山救母》等剧，"皆本元人"，他还特别提到了《蝴蝶梦》杂剧。今天还常常演出的京剧《二堂舍子》，表现的就是"继母大贤"的主题。而评剧中有《包公三勘蝴蝶梦》一剧，更是直接继承了关汉卿剧作。由于评剧上场角色都可以唱，早不受元杂剧"一人主唱"体制的局限，故使包公形象更加立体丰满，从这点上说，又是发展了关作的。

三、鲁斋郎

《包待制智斩鲁斋郎》一剧(简名《鲁斋郎》),历来被归属为"包公剧",其实写到包公的剧情并不多。明眼人一看便知那故事也不是发生在历史人物包公所在时代——宋代的事,而是关汉卿借用"包公剧"的外壳,揭露元代社会的黑暗,社会恶势力的横行,老百姓和底层官吏的冤屈无告,以及由此产生的种种荒谬现象。

剧情是围绕郑州六案孔目张珪一家的悲欢离合展开的。先是张珪妻新认的弟弟李四的美妻,被有权有势的流氓恶霸鲁斋郎霸占,李四来到张家找姐夫商议准备控告鲁斋郎。张珪先是拍胸吹嘘,后听说抢人者乃"鲁斋郎",突然噤若寒蝉起来,反劝李四逆来顺受。此后,

张珪携妻儿清明扫墓,偶遇鲁斋郎。鲁见张妻也十分美
貌,就骄横地命令张翌日将妻子送到鲁府。张珪慑于鲁
斋郎的权势,忍气吞声地演出了一出"妻招婿、夫主婚"
的荒诞剧。张珪送妻之时,正是鲁斋郎玩够李妻之日,
于是鲁就将李妻像东西一样赏给了张。张把李妻带回
家中,正值李四又来到张家,夫妻相认,悲喜交加,这时,
张的一双儿女又走失了,屋漏偏遭连夜雨,心灰意懒的
张珪出家做了道士。直至包公用智斩了害人精鲁斋郎
(先以"鱼齐即"上报,再添几笔问斩),张、李两家这才
夫妻儿女团圆。

《鲁斋郎》杂剧有两个塑造得十分成功的人物形
象,一个是胡作非为的鲁斋郎,一个是胆小怕事、敢怒不
敢反抗的张珪;一个是畸形社会惯坏了的人,一个是畸
形社会扭曲了的人。且看鲁斋郎在"上场诗"开场白
中,是怎样自现丑态、自抹"花脸"的:

　　(冲末扮鲁斋郎引张龙上,诗云)花花太岁为第
一①,浪子丧门再没双②,街市小民闻吾怕,则

我是权豪势要鲁斋郎。小官鲁斋郎是也。随朝数载,谢圣恩可怜,除授今职③。小官嫌官小不做,嫌马瘦不骑,但行处引的是花腿闲汉④、弹弓粘竿、觇儿小鹞⑤,每日价飞鹰走犬⑥,街市闲行。但见人家好的玩器,怎么他倒有我倒无? 我则借三日玩看了,第四日便还他,也不坏了他的;人家有那骏马雕鞍,我使人牵来则骑三日,第四日便还他,也不坏了他的:我是个本分的人。(楔子)

① 花花太岁:古代以木星为"太岁"凶煞,前添"花花"二字,喻好色浮浪的年轻恶霸。

② 丧门:又曰"丧门星",凶神。

③ 除授:授予官职。

④ 花腿闲汉:指纹腿游荡的帮闲人物。

⑤ 觇儿:吸引其他鸟来上当的媒鸟。

⑥ 飞鹰走犬:亦作"飞鹰走狗",指游猎。

是够"本分"的！但凡见了什么自己喜欢的东西，抢过来就"玩三天"，玩腻了再送回去。他自觉"本分"的出发点是"也不坏了他的"——好一副无赖嘴脸！夺人玩器玩三日，夺人骏马骑三日，接着，就是夺人美妻了。他见银匠李四的妻室美貌，就连哄带骗地要把她弄到手，对李四说："你的浑家，我要带往郑州去也，你不拣那个大衙门里告我去！"他还把丑话说在了头里！

其实那是威胁，意思是你到哪里也是告不倒我的。李四不知其厉害，还果真跑到郑州要想告鲁斋郎，让张珪当头泼了一兜冷水。

那么，张珪又是个什么样的人呢？且听他自我分解：

〔仙吕点绛唇〕则俺这令史当权①，案房里面，关文卷②，但有半点儿牵连，那刁蹬无良善③。

〔混江龙〕休想肯与人方便，衔一片害人心④，勒揹了些养家缘⑤。（带云）听的有件事呵，（唱）押文书心情似火，写帖子勾唤如烟，教公

048

吏勾来衙院里,抵多少笙歌引至画堂前。冒支国俸,滥取人钱;那里管爷娘冻馁,妻子熬煎。经旬间不想到家里来,破工夫则在那娼楼串,则图些烟花受用⑥,风月留连。

〔油葫芦〕只待置下庄房买下田,家私积有数千,那里管三亲六眷尽埋冤⑦。逼的人卖了银头面⑧,我戴着金头面;送的人典了旧宅院,我住着新宅院。有一日限满时,便想得重迁,怎知他提刑司刷出三宗卷⑨,恁时节带铁锁纳赃钱。

〔天下乐〕那其间敢卖了城南金谷园⑩,百姓见无权,一昧里掀,泼家私如败云风乱卷;或是流二千,遮莫徒一年,恁时节则落的几度喘。

(第一折)

---

① 令史:衙门书吏,不入官品,亦即当时所谓的外郎。

② 案房:衙门里的档案室。关文:公文。

③ 刁蹬:刁难。

④ 衙：尽，真。

⑤ 勒掯：敲诈勒索。

⑥ 烟花：指妓女。

⑦ 埋冤：即"埋怨"。

⑧ 头面：女子首饰总称。

⑨ 提刑司：管监察的"提刑按察司"的简称。

⑩ 金谷园：原为晋时石崇所修庭园，此代指官吏豪宅。

　　上面的四段唱，是第一折张珪上场时所歌。我们知道，戏曲表演虽为代言体，但演员并非全然化身为剧中人，特别是在刚上场或近下场时，总有一些脱离角色的、与观众直接对话的客观式介绍或评论。这四段曲辞就是如此。张珪虽一口一个"我"字，但他概括的却是元代整个"吏"群体的素质行为，揭示了元朝吏治的腐败，以及恶吏们多行不义必自毙的可耻下场。骄奢淫逸、贪赃枉法，简直可谓无恶不作。曲子的最后大有"水能载舟亦能覆舟"之意，等到事败，老百姓纷纷揭发，那些贪吏、恶吏、酷吏们，就成了过街老鼠，聚敛来的"泼天也似"的家私也就风吹云散了。从全剧情节看,张珪是一个软弱窝囊的人,算不得是酷吏之类,所以这几段唱可看作他的客观评论,亦可看作剧作家借他这一"圈内人"之口,对吏制内幕作深刻的揭发。

张珪一家四口上完了坟,在郊外踏青,不料孩子的头上中了一粒铁弹,张珪一声骂,引来了凶神恶煞的鲁斋郎。鲁是个专门玩弄女性的泼皮无赖,这天到坟地来就是为了挑女人的,因为原来抢去的李四之妻,他"起初时性命也似爱他,如今两个眼里不待见他",玩够了,他说"时遇清明节令,家家上坟祭扫,必有生得好的女人"。待见到张珪之妻他大赞一声:"一个好女人也!他倒有这个浑家,我倒无",那口气,与他发现别人家有好的玩物时一样,因此他又起了"借"张家妻的念头,要张珪第二天自己将妻子送过去。〔赚煞〕就是张珪听了他无理要求之后的心理反应:

〔赚煞〕哎,只被你巧笑倩祸机藏,美目盼灾星现①,也是俺连年里时乖运蹇,可可的与那个恶那吒打个撞见②。唬的我似没头鹅③、热地上蚰蜒④,恰才个马头边,附耳低言,一句话似亲蒙帝主宣。(做拿弹子拜科,唱)这弹子举贤荐贤,他来的扑头扑面,明日个你团圆、却教我不团圆。(同上)

① 巧笑倩、美目盼:语出《诗经·硕人》,此处借喻张妻的美貌。

② 那吒:佛教里的护法神,民间又有视为凶神的,此处就是。

③ 没头鹅:喻慌无头绪的样子。

④ 蚰蜒:节肢动物,"热地上的蚰蜒"犹言"热锅上的蚂蚁",形容焦急无措。

谁人不希望自己的妻室"巧笑倩兮"、"美目盼兮"?可又有谁知道那灾祸就埋藏在"巧笑倩"和"美目盼"之中!一边是"恶那吒",一边是"没头鹅",如何能对抗?听得耳边轻轻一句话,就像听到圣旨一样。一个男人,一个堂堂七尺汉子,怎么这等窝囊?同样,这里面有着作者关汉卿对张珪之流的嘲讽。

这段情节,说夸张也真实。据元代在中国做官多年的意大利人马可·波罗记载,当时京城里的平章政事阿合马,擅权二十年,强占人家妻女不计其数,"有美妇而为彼所欲者无一人得免,妇未婚则娶以为妾,已婚则强之从己"。在剧中鲁斋郎身上,就能看到阿合马之流的影子。

〔赚煞〕一曲,比喻迭出,明喻、暗喻、借喻,都用得恰如其分、恰到好处。表面上看,像是张珪在鲁斋郎面前心有悸怕,不敢明说;进一步品味,则能感觉到剧作者对张珪其人所蕴含的委婉讽刺。这样的在元代社会大量存在过的男人,或胆小怕事,或曲意逢迎,或为得官升官争先恐后公开献妻女,都是缺乏人格、缺乏尊严的,都是一种扭曲、一种阉割。这也正是鲁斋郎式的流氓泼皮得以横行、李妻张妻式的悲剧屡屡产生的原因。关汉卿剧作的主人公不都是正面人物,有些就是他花了大笔墨用来嘲讽甚至鞭笞的。比如这个连妻子也不能保护的张珪。

　　张珪在鲁斋郎面前卑躬屈膝,对他的指令不敢有违,就如他自己说的"似亲蒙帝主宣",像得了君令一样。第二天一早,他就把还蒙在鼓里的妻子催起床来,蒙骗她说"东庄里姑娘家有喜庆勾当"。一路上,他恨鲁斋郎,也恨自己;他恋着青春娇妻,也恋着有妻子的家庭生活。但他停不住脚步,他没有反抗精神,他的全部的爱和恨,只能在心里转悠:

　　〔梁州第七〕他凭着恶哏哏威风纠纠①,全不怕碧澄澄天网恢恢②。一夜间摸不着陈抟睡③,不分喜怒,不辨高低。弄的我身亡家破,财散人离!对浑家又不敢说是谈非,行行里只泪眼愁眉。你你你做了个别霸王自刎虞姬④,我我我做了个进西施归湖范蠡⑤,来来来浑一似嫁单于出塞明妃⑥。正青春似水,娇儿幼女成家计,无忧虑,少萦系,平地起风波二千尺,一家儿瓦解星飞。(第二折)

① 恶哏哏：即"恶狠狠"。

② 天网恢恢：语出《老子》"天网恢恢,疏而不漏",意谓上天的法网虽松疏却不会漏掉一个坏人。

③ 陈抟：五代时人,相传他一睡就是百余日,元曲中常用来借喻好睡之人。

④ 虞姬：秦末西楚霸王项羽之爱姬,项羽兵败时起舞自刎而死,后"霸王别姬"遂成典故。

⑤ 范蠡：春秋时越王勾践谋臣,传说他曾献西施于吴王,吴国败后携西施泛舟而去。

⑥ 明妃：指王昭君,汉元帝时远嫁匈奴王单于。

如果说上一折的〔赚煞〕以用喻显,那么这首〔梁州第七〕则明显的以用典取胜。他说他一夜都不能像陈抟一样安稳地睡,自己似范蠡,妻子像明妃,两人竟做了霸王别姬！这几个典故都是家喻户晓的俗典,用在这里不是都合适,这正是关汉卿的有意所为,同样包含着作者对主人公的揶揄嘲弄,"哀其不幸、怒其不争"的双重心态。

马致远《汉宫秋》杂剧中有一首写得很漂亮的离别曲〔梅花酒〕,中有"他他他伤心辞汉主,我我我携手上河梁"句,也用有一系列叠字,以表明生离死别中人的哽哽咽咽、语不成句,与关氏的这首〔梁州第七〕堪称双璧。

鲁斋郎实在是个没有人伦廉耻的畜生。见张珪夫妻难分难舍,一高兴就把玩弄够了的李四之妻给了张,谎称是自己的妹妹叫"娇娥"。这当然大出张珪的意料之外。你听他领着个陌生女人回去,一路上说些什么:

〔黄钟尾〕夺了我旧妻儿,却与个新佳配,我正是弃了甜桃绕山寻醋梨①。知他是甚亲戚! 教喝下庭阶,转过照壁,出的宅门,扭回身体,遥望着后堂内养家的人,贤惠的妻! 非今生是宿世,我则索寡宿孤眠过年岁,几时能勾再得相逢,则除是南柯梦儿里!(同上)

① 弃了甜桃绕山寻醋梨:当时俗语,意为丢了好的捡了坏的,

得不偿失。

张珪真是一步三回首！下庭阶,转照壁,出宅门,与爱妻是一步远似一步了,但心还牵连着,走一步痛一步,回转身子叫一声"贤惠的妻",真个是声泪俱下！最后两句诀别词,想今后的凄凉,愿梦中再相会,真个是要催人泪下的!

还有更料想不到的事情等着张珪:鲁斋郎送给他的女人原来是李四的妻子!而在他去办衙门公事之际,他的两个孩子又走失了。张珪一下子看破了红尘,决定出家做道士去。他对李四道:

〔耍孩儿〕休道是东君去了花无主[①],你自有莺俦燕侣。我从今万事不关心,还恋甚衾枕欢娱? 不见浮云世态纷纷变,秋草人情日日疏,空教我泪洒遍湘江竹[②]!这其间心灰卓氏,干老了相如[③]。(第三折)

① 东君：春神。

② 泪洒遍湘江竹：传说舜死后娥皇、女英两妃子泪洒在湘江一带的竹子上，令竹枝叶斑斑点点，被称为湘妃竹。

③ 心灰卓氏，干老了相如：司马相如晚年欲娶妾，卓文君遂写《白头吟》，表示她对夫妻感情已心灰意冷。

在这里，张珪先以"东君"自喻，又自比湘妃、司马相如，都是围绕"浮云世态纷纷变，秋草人情日日疏"这个主题的。生活中有太多的变故、太多的荒谬，使张珪感觉到不真实。他的精神濒临崩溃，不得不借助于宗教这一味麻醉剂。

〔二煞〕这其间听一声金缕歌①，看两行红袖舞，常则是笙箫缭绕丫鬟簇，三杯酒满金鹦鹉②，六扇屏开锦鹧鸪，反倒做他心腹。那厮有拐人妻妾的器具，引人妇女的方术。(同上)

① 金缕歌：曲牌名，即〔金缕曲〕，这里泛指欢乐的歌曲。

② 金鹦鹉：鹦鹉螺做的豪华酒杯。

　　这是张珪想象中的鲁斋郎生活。豪华奢侈,偎红倚
绿。本曲用有"一"、"两"、"三"、"六"等数字,叫做"镶
数法",在曲中十分多见。张珪对鲁斋郎纵是嫉妒,纵
是不满,却也只是无可奈何。除了出家,张珪还能有什
么好的出路?

　　事情终于有了转机。包龙图来了。包龙图——包
公在中国民间是正义的象征、善的象征,他收养了张、李
两家走失了的孤儿,把他们养大成人,使他们读书有成,
又用智哄过皇帝老儿,把鲁斋郎给除了。转眼,张珪出
家当道士也有十五个年头了:

　　〔折桂令〕想当初向清明日共饮金波,张孔
目家世坟茔,须不是风月鸣珂①。他将俺儿女
夫妻,直认做了云雨巫娥②。俺自撇下家缘过
活,再无心缎匹绫罗。你休只管信口开合,絮
絮聒聒,俺张孔目怎还肯缘木求鱼③,鲁斋郎他

可敢暴虎冯河④。(第四折)

① 鸣珂:珂,玉板,古人将其悬于马首,马跑起来叮当作响,故
有"鸣珂"之谓。剧曲中"风月鸣珂"指男女欢场。

② 云雨巫娥:借用朝云暮雨的巫山神女故事,代指妓女。

③ 缘木求鱼:上树捉鱼,喻指白费力气。

④ 暴虎冯河:赤手空拳打虎,随波逐流渡河,指为所欲为。

张珪他身在道观,心里却没有一日忘记十五年前这
一幕耻辱。好好的,清明节一家人扫墓饮酒,突然飞来
横祸,把"张孔目家世坟茔"当作了男女欢场,把良家女
子当作了风尘女妓,这实在让人气难平。显然,张珪也
已听说鲁斋郎的可耻下场了,他说:

(云)我则道他一世儿荣华富贵,可怎生被包待制斩
了,人皆欢悦。(唱)

〔得胜令〕今日个天理竟如何?黎庶尽讴
歌。再不言宋天子英明甚,只说他包龙图智慧

多。鲁斋郎哥哥,自惹下亡身祸,我舍了个娇娥,早先寻安乐窝①。(同上)

① 安乐窝:宋邵雍自名苏门山中隐居处为"安乐窝",此指逍遥自在之地。

这首曲子倒是内容与曲牌颇吻合。从这一白一曲看,包待制智斩鲁斋郎是多么得人心!民间当然不理会"宋天子"英明不英明,老百姓感谢的是包公的为民除害。"鲁斋郎哥哥,自惹下亡身祸",张珪终于敢幽鲁斋郎一默了!"我舍了个娇娥,早先寻安乐窝",张珪对自己的处境还颇为自得。

夫妻儿女最终在云台观重会,可这张珪却再三再四不肯还俗,这不,还得劳驾包公他老人家做思想工作,还为他们张、李两家已经长大成人的儿女做媒,这才说动了张珪道士,唱下这首尾曲,唱出张、李两家人的心声,代表两家全体成员向包公深表谢意,完成了大团圆的结局:

　　〔收尾〕多谢你大恩人救了咱全家祸，抬举的孩儿每双双长大，莫说他做亲的得成就好姻缘，便是俺还俗的也不误了正结果[①]。（同上）

[①] 正结果：佛教谓修行有成为"成正果"，这里指张珪还俗后还能有所作为。

　　应当说，这样的大团圆结尾是中国戏曲的俗套，本剧也不能免俗。本剧以包待制作剧名，而包公只是在最后一折出来解决问题，先解决了鲁斋郎，再动员张珪还俗，还管了张、李两家的儿女亲事。中国老百姓就是这样，他们认定的好人就要让他做尽好事。他们在世俗神中喜欢土地神，便屡屡请这土地佬儿充当"月下老人"。他们在故事传说和民间戏剧中把包公理想化、神圣化了，所以在他们那儿，包公真有几分像土地公公呢！

　　《鲁斋郎》杂剧到底是不是关汉卿之作，曾有过分歧。《录鬼簿》在关汉卿名下没有著录这一剧目，但明代臧晋叔《元曲选》、陈与郊《古名家杂剧》都题"元代关汉卿撰",剧本风格也与关氏其他剧作颇为相似。故此剧基本上可定为关作,这已得到学界的大致认可。

此剧在元代当时和后世还是有一定影响的。在元无名氏《盆儿鬼》等剧中被提到过;至现代,这一故事还被改编为京剧剧目搬上过舞台,剧名《智斩鲁斋郎》,成为京剧众多包公戏中的一部。包公作为廉洁公正、制恶除奸的化身,作为一种正义精神,还会世世代代被人传诵。

四、救风尘

《救风尘》杂剧，全名《赵盼儿风月救风尘》，是关汉卿的喜剧代表作。

汴梁城里有个风尘女子宋引章，与秀才安秀实订有婚约，不久又被花花公子周舍迷了心窍，欲毁约嫁给周。与宋有"八拜之交"的赵盼儿，受安秀才请求来劝说宋引章，宋说周舍夏天为她打扇，冬天为她暖被，很会体贴人。赵盼儿凭着自己的经验，告诫妹妹宋引章：这样的男人是靠不住的。宋不听，还与姐姐决绝。引章随周舍来到郑州，进门就吃了周舍的"五十杀威棒"，后来更是"朝骂暮打"，宋引章无奈，只得写信请赵盼儿来救助。盼儿知道周舍不肯卖宋，想了一计，好好地打扮了一番，又整理了两箱衣服前去,住在周舍开的客店里。周舍见到赵盼儿俏丽的模样,人酥了一半。但他很懂得整治女人,冷不丁指责盼儿当初"破婚",要打她的下人;盼儿不慌不忙,说自己早就爱上了周舍,当初破亲是因为嫉妒,还装着生气立即要回去的样子,弄得周舍深信不疑。从此,周舍便两三天不回家,宋引章吵到客店来,与盼儿大闹了一场,赵盼儿乘机逼周舍休了宋引章。宋休书到手,兴高采烈地与盼儿一同准备回家,不料又让周舍把休书骗了回去撕了。好在盼儿有先见之明,早已换过一张,被撕的是一张假的。最后,周舍机关算尽太聪明,赔了夫人又折兵,两头脱空,宋引章跟安秀实做夫妻去,赵盼儿依然继续她的风尘生涯。

过去一直把《救风尘》看成一部"妓女剧",这自然是不错的。但换一个角度看,我们可以说关汉卿在本剧中塑造了一位侠女,一位有侠骨柔肠的女子。就像妓女谢天香在关氏同名剧作中被塑造为一个才女一样。这是关剧女性系列长廊中的又一典型。她在与恶男人的斗争中,表现得胆大心细、有理有节、足智多谋,于谈笑风生之中,便让一贯欺压弱女子的流氓中了圈套。我们不能只注意主人公的身份,而更应重视他们的性格行为的类型。在中国古典文学人物形象中,赵盼儿可以和《聊斋志异》中的《红玉》媲美。

全剧第一个亮相者是周舍。他与鲁斋郎、张驴儿之流是一路货。且听他的"上场诗":"酒肉场中三十载,花星整照二十年。一生不识柴米价,只少花钱共酒钱。"他自我介绍了与宋引章的交往,又来到妓院向鸨母求婚要娶宋引章,这回鸨母答应他了。再说安秀实闻讯后,急忙来找赵盼儿请她相劝。盼儿一听事情原委,倒引出一番感慨:"端的姻缘事非同容易也呵!"唱下这第一首曲子:

〔仙吕点绛唇〕妓女追陪,觅钱一世,临收计,怎做的百纵千随,知重咱风流媚①。

〔油葫芦〕姻缘簿全凭我共你? 谁不待拣个称意的? 他每都拣来拣去百千回,待嫁一个老实的,又怕尽世儿难成对;待嫁一个聪俊的,

又怕半路里轻抛弃。遮莫向狗溺处藏,遮莫向
牛屎里堆,忽地便吃了一个合扑地,那时节睁
着眼怨他谁!(第一折)

① 知重:尊重,看重。

　　谁能懂得做妓女的有多难!追欢陪笑,是妓院老鸨
"觅钱"的工具。到"临收"的时候,都想着从良,又不知
怎样才能找到一个称心如意、知轻知重的郎君。姻缘簿
哪里是凭"我共你"翻弄制作的——这里的"我共你"是
泛指,指像宋引章和赵盼儿自己这样的女妓,在她看来,
姐妹们在从良问题上的困难是择偶的标准难以掌握:
嫁个老实巴交的吧,怕日子长了自己不满意,难做一世
夫妻白头到老;嫁一个聪明英俊的吧,又怕他心太花,喜
新厌旧把自己抛弃在半道上,到时候,即使你躲进狗屎
牛粪里,也少不得忽然跌个"合扑地",叫天不应,叫地
不灵。

　　赵盼儿真是个冷静老练的女性。她在风月场上看

得多、想得多、便也悟得多了。凭她多年的卖笑生涯,她懂得"做丈夫的做不的子弟,做子弟的做不的丈夫",适合做丈夫的男人决不会是风月场上老手,而那些进出妓院的嫖客,自然不会成为好丈夫的。正因为看清了这一点,故赵盼儿不肯轻言嫁人。因为她"看了些觅前程俏女郎,见了些铁心肠男子辈",故此她觉得"便一生里孤眠,我也直甚颣",如果找不到合适的从良对象,她情愿独身一辈子了。

赵盼儿来到宋引章住处,说要给妹子"保媒",引章一听保的是安秀实,立刻就不愿意了,明确表示要嫁周舍,不高兴继续做"大姐(妓女)"了。她干脆地说:"今日也大姐,明日也大姐,出了一包儿脓!(这是一句谐音双关语,"姐"与"疖"音同,意思是这大疖子再这么长下去,还不是要出一包脓啊!)我嫁了,做一个张郎家妇,李郎家妻,立个妇名,我做鬼也风流的。"

宋引章急于从良的心情赵盼儿是理解的。她不明白的是宋为什么要选择周舍。她问道:"妹子,你为甚么要嫁他?"引章说他"知重"自己,一年四季,夏天为她

"打扇",冬天为她"温的铺盖儿暖",她要出门他就为她"提领系、整钗镮",而且她还欣赏周舍穿衣服好看,是个衣服架子,"可也堪爱哩"。赵盼儿这才明白,原来妹妹看重的是这些表面的东西。她长长地叹了一声道:"你原来为这般呵!"接着,她为妹妹一一分析如下:

〔上马娇〕我听的说就里,你原来为这的,倒引的我忍不住笑微微。你道是暑月间扇子搧着你睡,冬月间着炭火煨,那愁他寒色透重衣。

〔游四门〕吃饭处,把匙头挑了筋共皮;出门去,提领系、整衣袂,戴插头面整梳篦。衡一味是虚脾①,女娘每不省越着迷。

〔胜葫芦〕你道这子弟情肠甜似蜜,但娶到他家里,多无半载周年相弃掷,早努牙突嘴②,拳推脚踢,打的你哭啼啼。

〔幺篇〕恁时节船到江心补漏迟③,烦恼怨

他谁？事要前思免后悔。我也劝你不得，有朝一日，准备着搭救你块望夫石④。（同上）

① 衒：纯粹，完全。

② 努牙突嘴：龇牙噘嘴。

③ 船到江心补漏迟：元代俗语，比喻事已办坏，补救不及。

④ 望夫石：民间传说贞妇寻夫不果，登高而望，化作一块石头。

打扇暖被、提领整衣，吃饭时为你去皮剔筋，这些"虚脾"、这些表面文章，是每个嫖客的拿手好戏，谁不能做得十二分光鲜？何况像周舍这样的欢场老手。不要怪姐姐直言，不要怪姐姐笑话你，这样惯会"变脸"的男人我看得多了。他们的"爱"的寿命，最多只有一年半载，到时候你会发现：就是这个曾经是一脸殷勤、"情肠甜似蜜"的家伙，会变得"努牙突嘴"；就是这曾经为你提领整衣的手脚，会对着你"拳推脚踢"。

赵盼儿真正是个明白人。她不光在揭露周舍之流恶劣的男人,还非常深刻地揭示了一般女人最大、最致命的弱点——虚荣心。这正是周舍之流得以大获"丰收"的重要原因。为什么有些男人婚前婚后判若二人、面目全非?为什么偏偏是这样的男人反而容易情场得手?这难道与女人身上的毛病无关么?"女娘每不省越着迷",女人啊,你的名字不仅叫"弱者",还叫糊涂虫!

〔幺篇〕是盼儿对妹子的警告。旁观者清,我已经将你的未来看得一清二楚,你的烦恼,你的眼泪,你的后悔。我这样苦口婆心开导你,你却一句也听不进去,看来,我只有准备着将来等你化做"望夫石"时再来搭救你了!

赵盼儿侠骨柔肠。虽然妹子执迷不悟,还讲了许多绝情的话,她还是打定主意妹妹要是有个不测,她定要前去搭救。

这里,赵盼儿见周舍有一段好戏:

(正旦云)来的敢是周舍?那厮不言语便罢,他若但

言,着他吃我几嘴好的。(周舍云)那壁姨姨敢是赵盼儿
么?(正旦云)然也。(周舍云)请姨姨吃些茶饭波。(正
旦云)你请我?家里饿皮脸也,揭了锅儿底也,窖子里秋
月——不曾见这等食!(周舍云)央及姨姨,保门亲事。
(正旦云)你着我保谁?(周舍云)保宋引章。(正旦
云)你着我保宋引章哪些儿?保他那针指油面、刺绣铺
房、大裁小剪、生儿长女?(周舍云)这歪刺骨好歹嘴也。
我已成了事,不索央你。(同上)

  这是赵盼儿与周舍的第一次交锋。周舍没话找话,
赵盼儿针锋相对,他说一句,她倒有十句在那里等着。
讽刺、嘲笑,反唇相讥,连古典的"之乎者也"、民间的歇
后语也搬了出来,唇枪加舌剑,弹无虚发,射得周舍没了
招架之力。我们仿佛看得见赵盼儿在高声应答"然也"
时那副趾高气扬的神情。周舍只是个欺软怕硬的东西,
我们在后面将看到,他在宋引章面前是怎样的夸夸其
谈、总是有理,但在赵盼儿的"机关枪"面前,却也不得
不让三分。周舍见赵盼儿有三分怕,就像看到玫瑰一样

又爱又怕刺。这就预示着,他俩的"智斗"将以赵的胜利、周的惨败告终。

本剧第一折戏剧冲突主要来自于赵盼儿和宋引章。两人的深层矛盾表现在价值观上。宋引章是一个幼稚、虚荣又好逸恶劳的女性,她在安秀实和周舍两个全然不同的男人中,选择了富裕漂亮、甜言蜜语的周,她说如果"我嫁了安秀才呵,一对儿好打莲花落",意思是只好出去讨饭。她毁约抛弃安秀才就是嫌他穷,不会献殷勤。赵盼儿的观念正好跟她相反,她对生活具有相当的洞察力。她知道虽然像安秀才这样的男人也不是十全十美,且贫穷也并不是好事,但他身上有潜力,能发展,处境会有所改变。更主要的是,他厚道诚实,对宋引章爱得一心一意。和那些浮浪子弟正好相反,他被宋引章抛弃后,依旧不改初衷,真心诚意来求赵盼儿做引章的"思想工作"。若是一般的浮浪子弟,早就对盼儿言语撩拨、动手动脚了,他们只要漂亮女人就成,哪里还管爱与不爱?哪里还有什么责任义务之说?凭此,盼儿就知道安秀才是位难得的好男人,能成为一心一意过日子的好丈夫。这才使她仗义执言,为他两肋插刀,不怕得罪"高干子弟"周舍。

从剧情安排上看,第一折也很有些悬念留给观众。赵盼儿的预见准也不准?宋引章的一意孤行结果如何?周舍是不是像盼儿说的那样翻手为云覆手为雨?安秀才有没有上京赶考?这些都是观众们等着要看的内容,也为后面的情节发展安排下了伏笔。

《救风尘》是部轻喜剧,人物形象、曲辞说白、情节关目、矛盾冲突,都带有浓重的喜剧色彩,特别是矛盾冲突,与其叫"冲突",不如叫"碰撞"更合适。

第二折一开头是周舍的一段长长的科白,很搞笑的:

> (周舍同外旦上,云)自家周舍是也。我骑马一世,驴背上失了一脚。我为娶这妇人呵,整整磨了半截舌头,才成得事。如今着这妇人上了轿,我骑了马,离了汴京,来到郑州。让他轿子在头里走,怕那一般的舍人说:"周舍娶了宋引章。"被人笑话。则见那轿子一晃一晃

的,我向前打那抬轿的小厮,道:"你这等欺我!"举起鞭子就打。问他道:"你走便走,晃怎么?"那小厮道:"不干我事,奶奶在里边不知做甚么?"我揭起轿帘一看,则见他精赤条条的在里面打筋斗。来到家中,我说:"你套一床被我盖。"我到房里,只见被子倒高似床。我便叫:"那妇人在那里?"则听的被子里答应道:"周舍,我在被子里面哩。"我道:"在被子里面做甚么?"他道:"我套绵子,把我翻在里头了。"我拿起棍来,恰待要打,他道:"周舍,打我不打紧,休打了隔壁王婆婆。"我道:"好也,把邻舍都翻在被里面!"(第二折)

可以想见,观众们在听这段说白时,一定笑得前仰后合。这简直就是一则独立的相声段子。因为元杂剧是一人独唱剧,所以主人公以外的人物形象多是由说白来表现的。但有的时候,一些说白与人物性格品质塑造并无多大关系,比如这一段,我们既不能说这是周舍幽默感的体现,也不好说这是他对宋引章的污蔑、迫害。这就需要我们换一种眼光看待了。我们知道,元杂剧的前身宋杂剧,通常也是由四段组成,第一段名为"艳段",通常演寻常熟事一段,然后是正杂剧两段,最后还有滑稽调笑的"杂扮"。上述的这一笑话段子,就很有些"艳段"的味道,当是元杂剧综合形成之初,捏合宋杂剧段子尚未完全浑融的表征。所以我们不必拘泥于对周舍这个人物形象的理解,只须把这段看成是关汉卿借助剧中人之口给观众讲的两个小笑话也未尝不可。

鸨母哭着来找赵盼儿,原来是宋引章挨打不讨,托人寄信给老鸨,说进门就"打了五十杀威棒,如今朝打暮骂,看看至死",向母亲和姐姐求救。这下,盼儿的思想斗争激烈起来了:

〔金菊香〕想当日他暗成公事,只怕不相投,我作念你的言词①,今日都应口。则你那去时,恰便似去秋。他本是薄幸的班头②,还说道有恩爱,结绸缪③。

〔醋葫芦〕你铺排着鸳衾和凤帱,指望效天长共地久,蓦入门知滋味便合休。几番家眼睁

睁打干净待离了我这手④。（带云）赵盼儿，
（唱）你做的个见死不救，可不羞杀这桃园中杀
白马、宰乌牛⑤？（同上）

① 作念你的言词：对你说的话。作念，叨念。

② 薄幸：薄情。班头：头领。

③ 绸缪：情意缠绵。

④ 打干净：推托干净，躲避。当时俗语"打干净球儿"之省。

⑤ 桃园中杀白马、宰乌牛：用三国刘、关、张桃园结义故事。

　　对那个不知好歹、不听规劝的妹妹，盼儿当然心里
有气，少不得要抱怨几句的。你当初要从良、寻男人，都
是暗暗进行的，哪里和我这做姐姐的商量过？现在倒想
起我来了！我告诉你他是个"薄幸的班头"，你不信，自
以为情深意长、恩爱无比，如今怎么样？嫁过去没多长
时间，我当初的预见一说一个准！妹妹你还是太年轻、
太幼稚，你爱慕虚荣要的是"鸳衾和凤帱"，你指望天长
地久，我当初预测一年半载，现在看来还过于乐观了。

〔醋葫芦〕曲的后半部分是盼儿思想斗争的具体内容。忆及妹妹当初的绝情话,真想撒手不管;但这样的念头只是一闪,赵盼儿就自我谴责起来:我要是见死不救,不是无颜去见桃园结义的刘、关、张了么!

好个赵盼儿!好个"这桃园中杀白马、宰乌牛"!她从来是将江湖好汉作为自己人生楷模的,怪道她如此的不同凡响!她是巾帼丈夫,裙钗中响当当的英雄。

赵盼儿有勇有谋,只要她立志想做的事,就一定想得出做法来,这源自于她对人心的洞察。于是,她决定用"美人计"对付好色之徒周舍,而前去实施这美人计的,正是她自己。她仔细地打扮了自己,云鬟蝉鬓,锦绣衣衫,珊瑚钩,芙蓉扣,她还设计了一套形体动作,"扭捏的身子别样娇柔",她的目的只有一个,就是叫周舍这心狠手辣的坏东西出不了"我这烟月手"。

鸨母还是有点担心,千叮咛万嘱咐的。盼儿自信地对母亲说:

〔浪里来煞〕你收拾了心上忧,你展放了眉

间皴,我直着花叶不损觅归秋①。那厮爱女娘的心,见的便似驴共狗,卖弄他玲珑剔透②。

(云)我到那里,三言两句,肯写休书,万事俱休;若是不肯写休书,我将他掐一掐,拈一拈,搂一搂,抱一抱,着那厮通身酥、遍体麻。将他鼻凹儿抹上一块砂糖,着那厮舔又舔不着,吃又吃不着。赚得那厮写了休书,引章将的休书来,淹的撤了③。我这里出了门儿,(唱)可不是一场风月,我着那汉一时休。(同上)

① 花叶不损觅归秋:俗语,意思是好去好回,秋毫无损。

② 玲珑剔透:聪明绝顶。

③ 淹的:很快地。

"那厮爱女娘的心,见的便似驴共狗,卖弄他玲珑剔透",仅此一句大白话,便将这类色鬼的特性真个是描绘得入木三分! 赵盼儿的自信正建立在这上面。后面的几句说白,与唱词相得益彰,是对她计划的具体披露,鸨母听到这里就真的放心了。

赵盼儿就这样走了。她要到郑州去演一台戏，一台她自编、自导、自演的戏。她穿上行头、带上道具去了。她出发前给妹妹宋引章写了一封信。她要她妹妹在她的戏里充当个配角。她不让安秀实进京赶考，要他在客店里等待消息、配合行动。她让鸨母等着看这场好戏的结局。观众们也在等着看这场好戏。

第三折开头照例是一段滑稽科白段子。周舍到自己家开的旅店来，跟店小二说，开店不是为了赚钱，如果有来投宿的"官妓私科子（妓）"，就去叫他。店小二说他"脚头乱"，不容易找，周舍说，"你到粉房（妓院）寻我"，粉房寻不着"到赌房"来寻，赌房寻不着到"牢房里来寻"，倒是道中这帮纨绔子弟的"三部曲"。正旦赵盼儿上场时，有个"小闲"（跟班帮闲者）跟着，盼儿问他："小闲，我这等打扮，可冲动得那厮么？"小闲就做了个倒地动作，说"休说冲动那厮，这一会儿连小闲也酥倒了"。一派玩笑意味！同样是元杂剧接受宋杂剧滑稽影响的表现。

赵盼儿走着走着就到了郑州。一路走，一路还在那里思前想后,想到宋引章和周舍好的时候恩爱殷勤不把她放在眼里,不把她的苦口忠言放在心上,那气,就不打一处来,好几次欲撒手不管。但是,她转念一想:

〔滚绣球〕我这里微微的把气喷,输个姓因①,怎不教那厮背槽抛粪②!更做道普天下无他这等郎君。想着容易情,忒献勤,几番家待要不问③,第一来我则是可怜见无主娘亲,第二来是我惯曾为旅偏怜客,第三来也是我自己贪杯惜醉人④。到那里呵也索费些精神。(第三折)

① 姓因:疑是"婚姻"之误。

② 背槽抛粪:牲畜背向食槽抛粪,比喻忘恩负义。

③ 几番家:几番,"家"也作"价",语助词。

④ 惯曾为旅偏怜客、自己贪杯惜醉人:惺惺相惜、同病相怜之义。

想到整治坏蛋周舍的痛快,想到无主娘亲(鸨母)刚才的嘱托,更想到和自己同样命运的妹子的处境,盼儿的同情心便占了上风。同是"出门人",同是"贪杯人",还分什么你我!她鼓励自己:到了那里,还得拿出点精神来。

赵盼儿见了周舍,装着醋意大发,酸溜溜地说周舍自从娶了宋引章,"俊上添俊",周舍却装着不认识赵盼儿,顾左右而言他,忽又假装猛然想起:"你敢是赵盼儿?"盼儿答"然也",周舍脸一抹就要打小闲,说为报盼儿当时"破亲"之仇。小闲委屈道:"俺姐姐将着锦绣衣服,一房一卧来嫁你,你倒打我?"赵盼儿更是从容应答说:"周舍,你坐下,你听我说。你在南京时,人说你周舍名字,说的我耳满鼻满的,则是不曾见你。后得见你呵,害的我不茶不饭,只是思想着你。听的你娶了宋引章,教我如何不恼? 周舍,我待嫁你,你却着我保亲!"

应当说,这回答出乎周舍的意料之外,但细想想又在情理之中,句句在理,无懈可击。爱是自私的,女人是嫉妒的。周舍一下子没反应过来,盼儿就吵着要转去

（欲擒故纵），这叫周舍如何舍得？忙拦住，赔笑赔小心，赵盼儿顺势要周舍留在她身边（出奇制胜）。

这么一来，周舍就两三天不回家了。宋引章打上门来，骂周舍，骂赵盼儿，大吵大闹了一场。赵盼儿假装与宋争风吃醋，嗔怪周舍道："你这里坐着，点的你媳妇来骂我这一场。"她又使出了撒手锏："小闲，拦回车儿，咱回去来。"周舍如今已是神魂颠倒，再离不开盼儿的，一听便慌了神，好话说尽，这时，赵盼儿才正式提出要他休了宋引章。

周舍为了讨好赵盼儿，拿起粗棍子要打宋引章，他不知道这副样子在赵盼儿眼里，直是个凶神恶煞，正好证实了宋引章信中所言：

〔幺篇〕则见他恶哏哏，摸按着无情棍，便有火性的不似你个郎君。（云）你拿着偌粗的棍棒，倘或打杀他呵，可怎了？（周舍云）丈夫打杀老婆，不该偿命。（正旦云）这等说，谁敢嫁你？（背唱）我假意儿瞒，虚科儿喷，着这厮有家难奔。妹子也，你试看咱风月救风尘。（同上）

〔幺篇〕的头三句是客观的描述。凶巴巴的周舍，手举着粗大的无情棍，越发显得恶狼一般。盼儿有意试探，说你拿了这么粗的棍子，倘若打死了宋引章，怎么办？周舍的回答是丈夫打死妻子不用偿命。我们不知道元代是不是真有此法，但我们知道，即使有法，周舍之流也不会遵守的。他仗着父亲"同知"的官职和财势，已经无法无天了。

对周舍之流，法律拿他无奈，那么，就只好交给赵盼儿来收拾了。这里，盼儿有几句"背唱"，也就是说，这几句唱词是背着周舍唱下的，周舍是听不见的。戏曲表演中的"背唱"或者"背云"，统称"打背躬"，是中国传统戏剧的表演程式之一种。一个背躬，使剧中人和观众共同享受一个内心秘密，而同一舞台空间中的其他人物却被排除在外，这正是一种经济而有效的戏剧手段。赵盼儿这里的最后一句是唱给宋引章的："妹子也，你试看咱风月救风尘。"点出从来就没有什么救世主，惟有同命运的姐妹才能互相救助的题旨。

听赵盼儿说只要休了宋引章，就嫁给他，周舍立马就准备写休书。这里，周舍有个"背云"道："且慢着，那个妇人是我平日间打怕的，若与了一纸休书，那妇人就一道烟去了。这婆娘他若是不嫁我呵，可不弄得尖担两头脱？休的造次，把这婆娘摇撼的实着。"这是他的内心活动。"且慢"、"休的造次"都是他的自我告诫，同上面赵盼儿的"背唱"一样，这是专门透露给观众听的。

周舍不笨。他要盼儿赌咒，盼儿张口就来："你若休了媳妇，我不嫁你呵，我着堂子里马踏杀，灯草打折臁儿骨。"这可是赌了个重咒。你想，堂子里的马能走多快？就能把人踩死？灯草多软，怎么能打折臁儿骨？意思是我说话不算数的话，动辄就死。周舍相信了，要买酒买羊买红定，这些是订婚的财礼。不料赵盼儿说都带来了，她不让买，娇滴滴地对周舍说："你争甚么那？你的便是我的，我的就是你的。"周舍安有不开心的？天底下竟有这等便宜之事，白得一个天仙般美人儿！正在他搔首挠腮、浑身骨头没有四两重时，只听盼儿娇媚的歌声又在耳边响起：

〔二煞〕则这紧的到头终是紧,亲的原来只是亲。凭着我花朵儿身躯,笋条儿年纪①,为这锦片儿前程,倒赔了几锭儿花银。拚着个十米九糠,问什么两妇三妻,受了些万苦千辛。我着人头上气忍,不枉了一世做郎君。

〔黄钟尾〕你穷杀呵甘心守分揙贫困,你富呵休笑我饱暖生淫惹议论。您心中觑个意顺,但休了你这眼下人,不要你钱财使半义,早是我走将来自上门。家业家私待你六亲,肥马轻裘待你一身,倒贴了奁房和你为眷姻。(云)我若还嫁了你,我不比那宋引章,针指油面、刺绣铺房、大裁小剪,都不晓得一些儿的。(唱)我将你写了的休书正了本②。(同上)

---

① 笋条儿:笋为嫩竹,比喻年轻。
② 正了本:够本。

盼儿又表了这一系列的态。她表的可都是高姿态。

意思是自己只要能和意中人一起生活,不论倒赔银子、
奁房,不论今后吃米还是吃糠,不论做三妻还是四妾,不
管享富贵还是受贫穷,我都愿意。我就这样自动走上门
来——以我这"花朵儿"一样的"身躯"、"笋条儿"一样
的"年纪",带着我的家业家私、肥马轻裘。而且,宋引
章是"针指油面、刺绣铺房、大裁小剪,都不晓得一些儿
的",我和她不一样,我的女红也是拿得起来的。这几
句,就和前面赵盼儿不肯保亲时抢白周舍的话相呼
应了。

赵盼儿的话语句句在理,字字中听,全都能自圆其
说,何况,盼儿唱出这段话语时带着副媚态,用足了"风
月"手段。至此,周舍的心理防线最终崩溃了。周舍虽
然狡猾,但其本质是好色的,对妓女赵盼儿的智慧胆识
估计不足,所以最后是他上当,这是他做梦也想不到的。

剧本第四折是本剧的高潮,也是故事的结局。经过
了上一折惊心动魄之后,这一折更加精彩纷呈。宋引章
首先上场,等着周舍回家。应当说,在赵盼儿的整个
"风月救风尘"战役中,宋引章的配合也是成功的。受

骗初醒,心怀深恨,引章不再相信周舍,更不再怕他了。她知道,对姐姐最好的感谢和报答,就是配合好姐姐的行动。这段戏,她就演得很逼真。

引章见周舍一到,立即殷勤地问他"要吃甚么茶饭"?好像没把刚才的争吵放在心上。当周舍给她写了一纸休书后,她手持休书还迟迟不肯走,说:"我有甚么不是,你休了我?"还骂周"负心汉,害天灾的!"直至周舍把她推出家门。一出门,她就向着观众说:"周舍,你好痴也!赵盼儿姐姐,你好强也!"遂捧着她的"解放令"欢天喜地去了。周舍马上到客店准备去娶赵盼儿,没想到赵也已经骑马"一道烟"走了!这正是赵盼儿实施的"将他鼻凹儿抹上一块砂糖,着那厮舔又舔不着,吃又吃不着",也正是周舍自己说的"弄得尖担两头脱",真个是不幸言中!

话分两头。再说赵盼儿、宋引章两姐妹正欣喜万分地在展看着休书呢!

　　〔双调新水令〕笑吟吟案板似写着休书,则

俺这脱空的故人何处？卖弄他能爱女，有权术，怎禁那得胜葫芦[①]，说到有九千句。（第四折）

[①] 得胜葫芦：指赵盼儿厉害的、能说会道的嘴。

周舍赶上来了。姐妹俩还是有思想准备的。女的自然跑不过男的，所以她们没有惊慌。周舍跑上来大喝一声："宋引章，你是我的老婆，如何逃走？"引章怀揣休书，心中不慌，可周舍又施展起他说谎的本领，说休书上的手印应该有五个指印，现在只有四个，不能算数。宋引章急忙掏出来看，被周舍一把抓回去咬碎了，宋引章惊慌失措，周舍以为制伏了宋，回过头来攻赵盼儿，说"你也是我老婆"，可他提不出证据来：酒、羊、红定都是赵盼儿自己带来的，没一样接受周舍的，按照当时的约定俗成，这就不算女方已经答应嫁给男方。

周舍狗急跳墙，忙说你还曾经发誓嫁给我来。赵盼儿闻言哈哈大笑：

〔庆东原〕俺须是卖空虚,凭着那说来的言咒誓为活路①。(带云)怕你不信呵,(唱)逼花街请到娼家女,那一个不对着明香宝烛,那一个不指着皇天后土,那一个不赌着鬼戮神诛?若信这咒盟言,早死的绝门户。(同上)

① 凭着那说来的言咒誓为活路:意思是我就是靠发空誓过日子的。"言"字前应有"盟"字。

　　把话说绝,把话说丑,是制人的一种妙法。你说我曾经发誓,确实如此,你到妓女居住的地方看看,谁不对着明香宝烛、指着皇天后土发誓的?"若信这咒盟言,早死的绝门户",说得多刻薄! 实际上,那是对周舍变相的骂!
　　周舍看看弄不过赵盼儿,反过头来再威逼宋引章,说"休书已毁,你不跟我去待怎么"? 引章害怕,盼儿却也像考验引章似的,说:"引章妹子,你跟将他去?"引章说:"姐姐,跟了他去就是死。"盼儿这才告诉她,刚才咬

碎的是假休书。周舍歇斯底里拉赵盼儿去见官,见官结
果,周舍也没有得便宜,因为安秀实正好也来告官,郑州
太守李公弼问他与宋引章的婚事谁是保亲,赵盼儿立即
挺身而出:

> 〔太平令〕现放着保亲的堪为凭据,怎当他
> 抢亲的百计亏图?那里是明婚正娶,公然的伤
> 风败俗!今日个诉与太府做主,可怜见断他夫
> 妻完聚。(同上)

事情的结果正像善良的老百姓期望的那样,好人自
有好报,恶人自有恶报。宋引章心甘情愿地跟安秀实做
夫妻去了,赵盼儿的侠义心肠和足智多谋则在民间广泛
地流传了开来⋯⋯

《救风尘》杂剧的语言非常独特。其独特之处在
于,无论是曲辞还是科白,都十分的粗俗。虽说关汉卿
是个本色作家,但关剧在语言风格上还是相当多样的。
比如同样是底层女性,诈妮子燕燕说出来的话就和赵盼

儿不一样;同样是妓女,谢天香与赵盼儿的话语更有很大的区别。谢天香能诗擅词、能歌善舞,言谈举止很有些韵味;赵盼儿满口粗话,常常骂娘,嬉笑怒骂,随心所欲。如果说谢天香堪称"出口成章"的话,那么赵盼儿就是出口成"脏"。她说自己哪怕"一生里孤眠,我也直甚颓"的"颓"字,就是当时的一句骂人话,意为"值什么鸟";"遮莫向狗溺处藏,遮莫向牛屎里堆"、"那厮爱女娘的心,见的便似驴共狗"、"怎不教那厮背槽抛粪"、"猢狲"等,显然属于脏话;宋引章赞扬周舍是个穿衣服的架子,赵盼儿马上讽刺道那厮"穿着几件虼蜋皮";宋引章不听她的逆耳忠言,赵盼儿很生气,背后骂道:"这妮子是狐魅人女妖精,缠郎君天魔祟。则他那裤儿里休猜做有腿,吐下鲜红血,则当做苏木水。"她唆使周舍打引章,说"这妮子不贤惠,打一棒快球子";还有不少俗言俚语非常生动,虽不涉"荤",但也很粗俗,如把闭着眼睛不理睬说成"肉吊窗儿放下来",说赌咒的"若信这咒盟言,早死的绝门户"等。

分析这些粗话脏话,大致有这么几种类型:一种是涉及性,一种是涉及屎尿,一种是把人骂做畜生。中国人向来把男女性爱看作肮脏的东西,这正是中国式的詈骂语中为什么独多"性"语的原因。在现实生活中,若发生男女纠葛争吵,如果男人破口大骂起来,一涉及到脏话,特别是一涉及到性,女的一方一般都会偃旗息鼓、退避三舍。但我们在身边还看到过这样的现象:若是女的骂而还口,不怕骂爹骂娘的,那么往往比男的还要厉害,往往会骂不绝口,一路骂下去直到把这男人骂退为止。也就是说,一般说来,詈骂特别是涉性詈骂是男人的武器,但一旦女人也举起这类武器来,每每比男人更厉害、更有杀伤力。这样的社会现象看来早就有了。赵盼儿就是这样一位娴熟操持这类武器的、天不怕地不怕的泼辣女性。

五、拜月亭

《拜月亭》杂剧，全名《闺怨佳人拜月亭》，是关汉卿创作的又一个"旦本"，由正旦扮演女主人公王瑞兰。现存只有元刊本，是个残本，只剩曲词和少部分宾白，具体故事情节不易了解。幸好有同题材南戏《拜月亭记》（一名《幽闺记》）可作参阅，使我们得以了解剧情梗概：

蒙古军队攻占金邦都城中都（今北京），尚书王镇之女王瑞兰随母在逃难途中遇风雨，被兵马冲散。正在百般艰难之际，瑞兰误听有人召唤，高声答应后一看，是个陌生的年轻人。原来这位书生蒋世隆与妹妹瑞莲也在刚才的兵乱中失散，正在寻找。两人言来语去，同病相怜，遂托名夫妻，继续踏上流亡之途。一路行来，渐生情愫,就正式结为夫妻。一日投宿旅店,世隆卧病,瑞兰外出请医,巧遇父亲王尚书。父亲认为蒋世隆是个穷书生,无发达希望,便强行带走瑞兰,拆散了这对小夫妻。瑞兰回到汴梁新宅的家,发现家里多了个妹妹,她其实正是蒋世隆的妹妹瑞莲,逃难途中为王母收留。夜间瑞兰拜月,祈求和世隆团圆,让瑞莲偷听到,这才知道两人姐妹加姑嫂的特殊关系。蒋世隆与他义弟分别中了文武状元,尚书欲将瑞兰配给武状元,瑞莲配给文状元,瑞兰不肯,发了好多牢骚。双方见面一看,原来文状元就是蒋世隆,互相抱怨猜忌了一阵,终于尽释前疑,破镜重圆。瑞莲则奉圣旨嫁给了那位武状元,合家欢聚。

《拜月亭》全剧四折一楔子。楔子在剧头,敷演王瑞兰一家送别王父之事,而王尚书离家就是因为迫在眉睫的战事。瑞兰给父亲敬酒饯别,说一句"父亲年纪高大,鞍马上小心咱",眼泪就落将下来了,她唱道:

〔赏花时〕卷地狂风吹塞沙,映日疏林啼暮鸦。满满的捧流霞①,相留得半霎,咫尺隔天涯。〔幺〕行色一鞭催瘦马。(孤云了)(正旦唱)你直待白骨中原如卧麻。虽是这战伐，负着个天摧地塌，是必想着俺子母每早来家。

(楔子)

① 流霞：指美酒。

王瑞兰不愧是个大家闺秀，一丌出口来便这等诗情画意、不同凡响。狂风自北地沙漠吹来，沙尘暴卷地而至，迷人眼目。中都已是这样的沙尘迷茫，更何况父亲将要出征的塞北！在这暮鸦归林、落日中有声声啼鸣传来之际，禽鸟都知道该回家了，人，却在送别！劝父更进一杯酒，也只能相留得一时半霎，马上就要咫尺天涯。天摧地塌，白骨如麻，战争是多么可怕，作为女儿家，不明白"逐鹿中原"的意义，只希望父亲大人早早回家。

与其说关汉卿擅长写曲词，不如说他是个塑造人物形象的行家里手。他非常重视主人公上场"亮相"的第一支曲。寡妇窦娥是"满腹闲愁，数年禁受"，"诈妮子"燕燕是"虽是搽胭粉，子争不裹头巾，将那等不做人的婆娘恨"，妓女赵盼儿是"妓女追陪，觅钱一世，临收计，怎做的百纵千随，知重咱风流媚"。不但符合身份、家庭背景、文化程度，而且暗示性格特征。所以说，关汉卿的女性形象系列剧，塑造了多个形象不一、身份各异、性格迥然不同的女子，这些形象，是靠各不相同的故事情节塑造的，同时也得力于或俗或雅或雅俗参半、千姿百态的曲词的创作。

按《元史》载，蒙古军占领中都是在金宣宗贞祐三年（1215）五月，是夏天，但关汉卿却把这段情景安排在秋天，秋风瑟瑟、秋雨阵阵的日子："这青湛湛碧悠悠天也知人意，早是秋风飒飒，可更暮雨凄凄。"（〔混江龙〕）这便是源于生活、高于生活了。历来秋给人的印象是与愁（连这个"愁"字的构成都与"秋"有关）、是与离（名句有"多情自古伤离别，更那堪冷落清秋节"）相关联的，与秋相连的情绪是伤感、是凄凉。所以《西厢记》之"长亭送别"的背景也是"碧云天，黄花地"的秋。

故此,我们可以说,这些舞台上的秋,首先是人物心理上的秋。

〔油葫芦〕分明是风雨催人辞故国,行一步一叹息,两行愁泪脸边垂,一点雨间一行恓惶泪①,一阵风对一声长吁气②。百忙里一步一撒③;嗨,索与他一步一提④。这一对绣鞋儿分不得帮和底,稠紧紧粘软软带着淤泥。(第一折)

① 间:间杂。

② 对:合,并。

③ 一步一撒:一步一失足,形容雨中泥泞难行。

④ 一步一提:走一步提一下鞋。

悲惨世界!"辞故国"已是人之最难堪事,况且还有风雨相催!日前还因父亲的离去而流泪的瑞兰,如今,却是在为自己流泪——一个贵族小姐,哪里经历过这样的场面?兵荒马乱,风雨交加。"行一步一叹息,两行愁泪脸边垂",既是外部的行为动作,又是内心情绪的表露;"一点雨间一行恓惶泪,一阵风对一声长吁气",是两句对得工整却又不呆板的偶句,我们把它叫做"曲之对偶",情景交融,天人合一:雨打在脸上,雨水和泪水同流;风扑面而来,风声与叹气声交响。前推后拥,走一步一个趔趄;道路泥泞,迈一步提一下鞋跟,低头看看自己精心刺绣的花鞋,早已面目全非,"稠紧紧粘软软"的淤泥糊在鞋底鞋帮上成了两个泥坨,怎不叫人一步沉重似一步?

这首曲子历来为人激赞。曲词由大处起端,点出战乱的时代背景,接着忽而写实,忽而写意,忽而抒情,忽而叙事,几经转折,便在小处落脚——落到自己脚上的一双鞋上。鞋犹如此,人何以堪?曲中又添有不少衬字,像"分明是"、"百忙里"、"嗨"、"索与他"等,使曲子更具口语风味,更加本色。整首曲子像一首民歌,很有一种民俗俚曲的味道,让人想起一直到现代依然十分流行的河北民歌《回娘家》。要知道,关汉卿就是诞生《回娘家》的河北之地的人。这样的联想,该不会是牵强附会的吧!

逃难虽艰苦,但与母亲在一起毕竟还有个依靠。剧本到这里有这样的舞台提示:"哨马上,叫住了","做惨科","做寻夫人科",可以想见,这里表明,战马驰骋,把难民冲散,瑞兰和母亲天各一方,找寻不着了。她"阿者(母亲)!阿者"拼命叫喊,提示"做叫两三科"、"没乱科",没了头绪乱了方寸,正不知道如何是好时,"猛见末打惨害羞科",这里"打惨"或许是"打颤"之误。末,扮演蒋世隆,刚才就是他急着寻找妹妹,大声呼叫"瑞莲、瑞莲",让瑞兰误听为叫自己的。两人照面,蒋世隆主动与瑞兰搭话,瑞兰告诉他自己和母亲走失了,进退两难,蒋世隆大概在这时建议两人结伴同行,对外假称夫妻,把瑞兰闹了个大红脸:

〔后庭花〕每常我听得绰的说个女婿①,我早豁地离了坐位②,悄地低了咽颈③,缊地红了面皮④。如今索强支持。如何回避,藉不的那羞共耻⑤。(同上)

〔金盏儿〕您昆仲各东西⑥,俺子母两分离,
怕哥哥不嫌相辱呵权为个妹。(正末云了)(正旦寻
思了,唱)哥哥道做:军中男女若相随,有儿夫的
不掳掠,无家长的落便宜⑦。(做意了)这般者泼
怕不问时权做弟兄⑧,问着后道做夫妻。(同上)

① 绰:忽然。

② 豁地:形容时间极短。

③ 咽颈:头颈,脖子。

④ 缊地:一下子。

⑤ 藉不的:顾惜不了。

⑥ 昆仲:兄弟。这里指蒋世隆、蒋瑞莲兄妹。

⑦ 家长:这里指丈夫。落便宜:没好处。

⑧ 者泼:语助词。

　　这两支音乐上首尾相连的带过曲,内容上却是两部
分,上一曲描写瑞兰猛听得世隆建议时身心两面的强烈
反应。毕竟是个未出阁的姑娘家,平时连个男人也不太

遇得到,如今与眼前这男子萍水相逢,突然要以"夫妻"相称,叫她一下子如何接受得了!她说她平时听见有人做媒说女婿,总是马上就离座逃走,羞得低下头去,红上脸来;今天呢,这里逃也无处逃,回避也无处回避,只好"强支持",顾不得那许多了!

于是她以曲代言,款款地对蒋世隆说:你走失了妹妹,我找不见了母亲,哥哥若不嫌弃我就权且做你个妹妹,但哥哥刚才说:流亡途中有丈夫的女子不会被掳掠,"名花无主"的没好处,这样的话……要不,没人问的时候就是兄妹,有人问起来就说是夫妻。

这两支曲写得也相当好。〔后庭花〕曲形容未出阁少女的怕羞,可以跟《西厢记》里那首〔那吒令〕媲美:"往常但见个外人,氲的早嗔;但见个客人,厌的倒退;从见了那人,兜的便亲。"一系列拟态词"氲的"、"兜的",和这支中的"豁地"、"悄地"、"缊地",模拟少女在害羞时的神态,真是生动形象之极!〔金盏儿〕曲更是使人读上去浑然忘记其为韵文,其间夹杂的"呵"、"这般者泼",使句子更有口语味,而且是一个女孩子舒缓的、委婉的语气,表明她在那儿边说边想。

果然,他们不久就遇到了一伙贼人,但为首的竟然是蒋世隆的结拜兄弟陀满兴福。两人久别重逢,举酒痛饮,瑞兰最后扶着酩酊大醉的蒋世隆回店,连她自己都觉得俨然像一对正式夫妻。这时候,她明白夫妻关系在战乱中的保护作用了。

天有不测风云,人有旦夕祸福。瑞兰刚刚庆幸自己遇到个"一路上汤风打浪"的男子汉,没想到"他百忙里卧枕着床"——生病了,"内伤"加"外伤",躺在旅店里不能动弹,里里外外只有瑞兰一人张罗。她去请了大夫来,请大夫认真诊病,仔细下药。她殷勤地将大夫送出门来,竟然邂逅离别很久了的父亲。父女乱后重逢,各言凄惶,父亲得知眼下女儿和一个穷书生在一起,就让人一把揪住瑞兰要将她拖回家去。瑞兰悲道:"阿马(父亲),你可怎生便与这般狠心!"她将两人如何相识、如何相助、如何相爱,而且现在蒋世隆病卧在榻的情况,又细细地讲了一遍,意在调动父亲的仁爱之心。无效,瑞兰只好请父亲息怒,"宽容瑞兰一步",她好去对病中的世隆交代几句,但她却连这点小小的心愿也得不到满足,刚刚说了两句,还不及向世隆解释清楚,父亲就在一边紧催,瑞兰仰天长叹:

〔乌夜啼〕天那！一霎儿把这世间愁都撮在我眉尖上,这场愁不许提防①。(正末云了)(正旦唱)既相别此语伊休忘,怕你那换脉交阳②,是必省可里掀扬③。俺这风雹刮下的紫袍郎④,不识你个云雷未至的白衣相⑤。咱这片霎中如天样⑥,一时哽噎,两处凄凉。(第二折)

① 提:原作"低",诸本已改。

② 换脉交阳:医学用语,指病情变化。

③ 省可里:休要。

④ 风雹刮下的紫袍郎:指自己大发雷霆的父亲。

⑤ 识:原作"失",诸本已改。云雷未至的白衣相:指尚未功成名就的蒋世隆。

⑥ 片霎中:一时间。

李清照曾经这样叹道:"只恐双溪蚱蜢舟,载不动许多愁。"崔莺莺也曾如此哭诉:"遍人间烦恼填胸臆,量这大小车儿如何载得起?"她们还算好的,还有"舟载"或者"车载"。瑞兰如今更苦,"一霎儿把这世间愁都撮在我眉尖上",她可是"眉载",细细的蛾眉,如何载得动? 她在声泪俱下了一阵后,只得"一时哽噎,两处凄凉",身不由己地抛下爱人,被父亲强拽硬拉走。当年也是李清照,因为赵明诚是太学生,一旬只能回家一次,清照寂寞难耐,在锦帕上题〔一剪梅〕词寄明诚,内有"一种相思,两处闲愁"句。同样的四言两句,同样的"一"、"两"对举,清照的与瑞兰的相比,毕竟分量轻许多。闲愁嘛,如烟雾,似风絮,来也轻轻,去也盈盈。尽管这样,清照当时还拿它无计可施呢:"才下眉头,又上心头。"瑞兰的"一时"、"两处"凄楚得多了。也许这"生离",就是"死别"。这些堆砌在她眉尖的"世间愁",看来是再不会有"下眉头"的时候喽!

最后,瑞兰向世隆表达了决不嫌贫爱富另攀高门、要与他永生永世在一起的决心:

　　〔二煞〕则明朝你索绮窗晓日闻鸡唱,我索立马西风数雁行。(正末云了)(正旦云)男儿,我交你放心末波①。(唱)只愿的南京有俺亲娘,我宁可独自孤孀,怕他大抑勒我别寻个家长②,那话儿便休想。(末云了)(正旦云)你见的差了也!(唱)那玉砌朱帘与画堂③,我可也觑得寻常。(同上)

① 交:教。

② 抑勒:逼勒,逼迫。别:原作"则",诸本已改。家长:此处指丈夫。

③ 玉砌朱帘与画堂:指高级住宅,借指贵族生活。

　　这支曲子是典型的剧曲,也可以称之为"剧诗",既有"绮窗晓日闻鸡唱"、"立马西风数雁行"这样的诗意盎然的句子,更有"那话儿便休想"这样的大白话,且夹歌夹白,末在旦的曲唱中两次插话,搬上舞台一定很有戏剧效果,我们这样书面阅读都能感到它十分活泛。

本剧第三折是重点。演王瑞兰拜月事,点题。王国维先生在谈到南戏《拜月亭记》时说:第三十二出"实为全书中之杰作",并指出它"大抵本于关剧第三折"。

自从离开世隆,瑞兰无时无刻不在想着他,用她自己的话说:"我不曾有片时忘的下俺那染病的男儿",想到他就觉得心痛,就怨恨狠心的父亲:"不知俺爷心是怎生主意,提着个秀才便不喜:'穷秀才几时有发迹?'"而在她看来,帝王将相宁有种乎:"自古及今,那个人生下来便做大官享富贵那!"

这就不仅仅是爱情所能够涵盖的了,而涉及主人公的价值观念。关汉卿笔下的女主人公每每有健康的价值观,决不喜富嫌贫,决不趋炎附势。谢天香喜欢柳永时,柳永尚未中举;王闰香资助李庆安时,李更是"穷光蛋"一个;这里的瑞兰也是这样。她们有眼光,认定她们所爱的人一定会有光明的前途;她们给予精神上甚至物质上的资助,就是为了帮他们摆脱困境,迈上成功之路。

但此刻的瑞兰,却是想帮世隆而帮不上,正在一筹莫展。她心里有满满盈盈的话语,不知道对谁讲。这时,她的义妹瑞莲来邀她观月,她想也好,可以闲行散闷,没想到却触景生情,反倒添了嗟叹:

〔呆古朵〕不似这朝昏昼夜、春夏秋冬,这供愁的景物好依时月,浮着个钱来大绿岿岿荷叶,荷叶似花子般团圞①,陂塘似镜面般莹洁。啊!几时交我腹内无烦恼,心上无萦惹②?似这般青铜对面妆,翠钿侵鬓贴③!(第三折)

① 花子:这里指女人饰面的花钿。

② 萦惹:牵挂。

③ 青铜对面妆,翠钿侵鬓贴:形容情人间日日对面、耳鬓厮磨。

　　在她的眼里,一切景物都是"供愁"用的,一年四季,从早到晚。自去年秋季与世隆强别后,忽忽已是春天。她不知道自己怎样才能"把这残春捱彻"。在她的眼里,月光下的绿岿岿荷叶象征着团圞,月光下蓝晶晶的水塘形状像镜面。她面前的景物都这样"团圆"着，惟独她和她心上人得不到团圆！她是多么想与世隆日日面对、耳鬓厮磨呵！就像眼下与镜面般莹洁的陂塘对面、将翠绿的花钿紧挨着自己发鬓饰贴一般。她的这些心里话让躲在一边的义妹瑞莲听到了，瑞兰羞愧难言，只得自嘲说：幸好没有外人，只有妹子，不然像"甚末言语"。瑞莲也不是盏省油的灯，对姐姐刚才的话外之音打听不已，瑞兰这时，只好倒打一耙："你说的这话，我猜着也罗。……待不你个小鬼头春心动也。"瑞兰也真有两下子，自己"春心动也"反说别人，还说要去告诉父亲，一心要把瑞莲给吓唬住。

　　姐妹俩斗了一会儿机锋，瑞兰把瑞莲哄回房去，说：时间晚了，我们歇息吧！等瑞莲一离开，她立即就让丫鬟梅香"安排香桌儿去"，她要"大烧炷夜香"。

　　〔伴读书〕你靠栏槛临台榭，我准备名香爇①。心事悠悠凭谁说，只除向金鼎焚龙麝②，与你殷勤参拜遥天月，此意也无别。(同上)

〔笑和尚〕韵悠悠比及把角品绝③,碧荧荧投至那灯儿灭④,薄设设衾共枕空舒设,冷清清不恁迭,闲遥遥身枝节⑤,闷恹恹怎捱他如年夜!
(同上)

① 爇:点燃。

② 龙麝:一种有名的香,即前面所言的"名香"。

③ 比及:及至,等到。

④ 投至:待到。

⑤ 枝节:纷乱。

这两支曲儿首先交代了拜月的环境。"靠栏槛临台榭",也就是在那镜子样莹洁、浮着绿嵬嵬荷叶的池塘边。瑞兰一边往精致的香炉里点燃名贵的香,一边已是心事悠悠、急切地邀请袅袅香烟,一同"殷勤参拜遥天月",把自己满腹的心事全寄托在这一缕曲曲弯弯的青烟上,拜托它将它们带去夜空,向遥天之月倾诉。

剧名"拜月",那么月景,理当是本剧的重要景物,但曲中真正写到月景的曲句并不多,比如这里只"遥天月"三字。在晴朗的夜空,月儿显得那样的遥不可及。更为遥不可及的,是在这同一个月下或许也望月的人儿。"海上生明月,天涯共此时。情人怨遥夜,竟夕起相思"。或许,通过这一轮明月,通过拜月,这点相思这点怨,能够传输到情人那儿去?

有韵悠悠的画角之声传来,碧荧荧的灯火次第灭去。夜已深了。又一个孤枕冷被的如年之夜在等着自己。这首曲子真所谓情景交融。悲角、残灯、薄衾,有选择的一组事物,"韵悠悠"、"碧荧荧"、"薄设设"、"冷清清"、"闲遥遥"、"闷恹恹",这一系列准确而又形象的叠字,更渲染出惆怨怅恨的情绪和格调,最后归结为"怎捱他如年夜"句,言有尽而意无穷。读罢此曲,真想借用王国维语赞上一声"有意境"!

〔倘秀才〕天那!这一炷香,则愿削减了俺尊君狠切①,这一炷香,则愿俺那抛闪下的男儿较些②。那一个爷娘不间叠③,不似俺忒嗔④,

劣缺⑤。

（做拜月科。云）愿天下心厮爱的夫妇永无分离，教俺两口儿早得团圆。（同上）

① 尊君：指父亲。狠切：狠毒。

② 较些：好些。

③ 间叠：间阻。

④ 咵嚓：甚词，很，厉害。

⑤ 劣缺：恶劣缺德。

这是一支祷月曲，是王瑞兰拜月时的具体祝辞。上一炷香许一个愿，瑞兰连上两炷。第一炷，她愿父亲不再这样凶狠。她深知每家的"爷娘"都是间阻自己儿女恋爱的，都会觉得别人家的儿女配不上自己家的，所以她祈祷的只是"削减"，不要过分的"咵嚓"、"劣缺"便好；第二炷香第二个愿，她是为自己那"男儿"许的。她不知道他的病体痊愈了没有。她不知道他心灵的创伤是否康复。她甚至不知道他被抛闪以后流落何处，如今身在哪方。她恨自己"身无彩凤双飞翼",只好求月儿保佑,但愿"心有灵犀一点通"了!

崔莺莺也拜月。她"愿"的是"普天下有情的都成了眷属";王瑞兰拜月,则"愿天下心厮爱的夫妇永无分离",两个口号正好前后呼应,互为补充。有情的都成眷属,成了眷属的都不要分开,这样的愿望多么朴素、多么美好、多么合情合理!但即使是这样两个基本的愿望,至今还是人类没有完全实现的、继续在为之奋斗的目标。

月亮,最初作为自然崇拜之一种流行。月亮神首先被看作土地神、植物神,由此生发,继而成了生育之神、丰产之神,再进一步,则成为姻缘之神和团圆之神了。月亮神崇拜在中国源远流长,特别在女性中深入人心。《西厢记》、《拜月亭》剧中的拜月情节,正是月崇拜的舞台艺术化,是民俗文化在艺术作品中的完好保存。月,作为原型,早已与人的感情生活形成了一种异质同构的关系。

瑞莲这"小鬼头"真鬼,她哪里肯回房睡觉这么听话？她哪里是这么容易打发的？正当瑞兰对着明月将心事和盘托出时，她就躲在"栏槛"边"台榭"下花丛中偷偷地听。听到这会子，刚好听出点名堂来，于是，她就像从地下冒出来一样闪亮登场了：

〔叨叨令〕元来你深深的花底将身儿遮，搽搽的背后把鞋儿捻，涩涩的轻把我裙儿拽，煴煴的羞得我腮儿热。(云)小鬼头，(唱)直到撞破我也末哥，撞破我也末哥，我一星星①的都索从头儿说。(同上)

① 一星星：一点点。

她冷不丁地从背后进攻，"搽搽"地踩着了姐姐的鞋跟，把姐姐的裙子拉得"涩涩"索索地响，立刻将姐姐羞得两腮通红。这"小鬼头"撞破的何止是姐姐拜月的场面，更是撞破了姐姐的心。此曲充分演绎了少女特有的小动作。并通过这些小动作表现瑞莲的洋洋得意。

虽然我们不能看到这〔叨叨令〕曲当年艺人们的精彩表演,但我们通过曲词可以充分想象。这是一首"场上之曲"。

姐妹俩斗机锋到此,终于决出胜负:姐姐投降。姐姐甘拜下风,说:好好好,让我一点一点从头细说。其实,姐姐正愁没人诉说呢!过去不说,是少女的羞涩使然。既然今天窗户纸已经捅破,自此姐妹俩不再有隔膜,且不是好事?

当说到"您姐夫姓蒋,名世隆,字彦通,如今二十三岁也"时,意想不到的事情发生了:妹妹瑞莲忽然潸然泪下。这回,轮到姐姐不明白了:

〔倘秀才〕来波,我怨感、我合哽咽;不剌你啼哭①、你为甚迭②?(小旦云了)你莫不元是俺男儿的旧妻妾?阿是,阿是,当时只争个字儿别。我错呵了,啦!啦!(同上)

① 不剌:语气词,无义。

② 迭：的。

这首〔倘秀才〕曲里有不少语气词，"来波"、"不刺"，还有两个"阿是"，用以表现王瑞兰见到蒋瑞莲落泪一时猜忌、一时气急败坏，十二分的生动真实。小女子都是敏感的，多疑的，越是感情深挚越是敏感多疑。瑞兰误认为瑞莲是丈夫的"旧妻妾"，若真是他的"旧妻妾"，这场官司、这段公案还不知怎么了呢！

于是瑞莲把和哥哥在战乱中失散的往事告诉姐姐。刚刚还在"打悲"、"猛问"的瑞兰，这时真是喜从中来，她又追问了一句，获知瑞莲、世隆果真是兄妹，回忆那天"瑞兰"、"瑞莲"音近而误听，瑞兰相信了，她这才真正敢"做欢喜科"：

〔呆古朵〕似恁的呵，咱从今后越索着疼热，休想似在先时节。你又是我妹妹、姑姑，我又是你嫂嫂、姐姐。(小旦云了)这般者俺父母多宗派，您昆仲无枝叶。从今后休从俺爷娘家根脚

排①,只做俺儿夫家亲眷者。(同上)

① 根脚:系脉。

　　误会消除,瑞兰瑞莲的关系愈加亲密,"你又是我妹妹、姑姑,我又是你嫂嫂、姐姐",反复强调两人的双重身份,疼爱之情溢于言表。这两句曲词,看似顺手拈来,实在是本曲的眼目所在。刚才差一点倾盆而下的"醋雨",转眼就让位于和煦的温馨的阳光了,这光源,正是这"妹妹、姑姑,嫂嫂、姐姐"!想着今后称呼上的困难,瑞兰告诫说:由于我父母多宗族支派,多一对少一对姐妹无所谓,而你兄妹无甚亲眷支脉,今后还是从我夫君家排行,让我们做姑嫂吧!

　　寥寥数语,抖露出瑞兰的情感倾向。姐妹亲于姑嫂本是人之常情,可瑞兰偏要强调姑嫂关系。李贽曾在南戏《拜月亭记》的这段情节处批道:"'更着疼热'也只为老公面上耳。到底是疼热老公,不是疼热妹子",这位李老先生调侃得有点刻薄。瑞兰实在是有点"爱屋及乌",她对世隆的感情太深了！她愿意有人不时地在她耳边叫"嫂嫂",她愿意瑞莲鞍前马后地跟着她叫"嫂嫂"。仿佛这就是对她和世隆关系的一种肯定、一种认同,就是对他们团圆的一种祝愿、一种促进。

在明月清晖的朦胧中,瑞兰瑞莲两少女就这样演了一段人生的活剧。这是一种巧合。她们读音相近的名字是一种巧合。她们与同一个男人有着血缘姻缘关系是一种巧合。她们的相遇相识互相倾诉衷肠也是一种巧合。有所谓"无巧不成书"之谓,无巧,同样也不成戏。巧合之所以能够成为审美范畴,那是因为:巧合故事有时能透析出时代真相,偶然之中包含着必然。

本剧第四折,在演绎夫妻团圆之前,还有一番曲折、还有一个巧合在等着他们:父亲王镇领回文武两状元,要把瑞莲许配文状元、瑞兰许配武状元。姐妹俩一边梳妆一边对话,妹妹不理解爹爹的心思,姐姐究竟是经历过挫折坎坷的,对父亲的用心了如指掌,她说:"这意有甚难见处那?"

〔庆东原〕他则图今生贵,岂问咱夙世缘,违着孩儿心只要遂他家愿。则怕他夫妻百年,招了这文武两员,他家里要将相双权①。不顾自家嫌,则要旁人羡。(第四折)

---

① 将相双权:意为掌握文武双重权柄。

曲中一句一个"他",指的正是她无情无义的父亲;甚至把自己的家称为"他家",根本就从心理上与父亲脱离了父女关系。曲词中更是处处透着嘲讽,说他家招女婿一招招了"文武两员",他家里要出将入相,"将相双权"。他只知道荣华富贵,根本不把儿女真情放在眼里;他虚荣,"不顾自家嫌,则要旁人羡。"这些句子,句句揭示王镇封建的、腐朽的婚姻观:把联姻当作政治手段,而不把爱情看作婚姻的基础。

谁知这文状元就是蒋世隆!世隆、瑞兰久别重逢自然惊喜万分,但紧接着,就是猜忌和矛盾接踵而来,因为他们都知道,今天到这里来,是来相亲的,谁也不知道在这里会遇见谁,他(她)是想和谁人来相亲呢？这里不就有问题了么？

〔水仙子〕今日这半边鸾镜得团圆,早则那一纸鱼封不更传①。(末云了)你说这话!(做意了)(唱)须是俺狠毒爷强匹配我成姻眷,不剌,可是谁央及你个蒋状元。一投得官也接了丝鞭②。我常把伊思念,你不将人挂恋,亏心的上有青天!(同上)

① 鱼封:指书信,也作"鱼书"。
② 丝鞭:马策。戏曲中演招亲场面,有女子彩楼抛绣球、请男子接丝鞭的;有女方不出面由媒人代递丝鞭的。

瑞兰刚刚抒发了一句"别来无恙",就受到世隆的责问。瑞兰也是个嘴硬的姑娘,她自辩道"须是俺狠毒爷强匹配我成姻眷,不剌,可是谁央及你个蒋状元",我是被父亲逼迫无奈,不然,我才不会来求你个蒋状元

呢！她接着反唇相讥：你倒好，一做了官立即就"接了
丝鞭"，请媒人做媒，要成家娶妻，对着青天说说，到底
是谁"亏心"！

蒋世隆还是不依不饶。瑞兰急了。要知道，她是深
爱着世隆的，不然，她也不会这等着急。她怕这误会真
的影响两人的感情。她怕这抱怨真的成为两人的隔阂。
她不能只图一时的嘴上之快，她赶紧回答说：

〔胡十八〕我便浑身上都是口，待交我怎分
辨？枉了我情脉脉恨绵绵。我昼忘饮馔夜无
眠，则兀那瑞莲便是证见。怕你不信后①，没人
处问一遍。(同上)

① 后：同"呵"，语助词。

一年，整整一年的离别，多少个"情脉脉"的白昼、
多少个"恨绵绵"的夜晚、废寝忘餐！诉到此，瑞兰的眼
泪也要下来了。因为她在乎，在乎世隆的一言一语，在

乎世隆的感觉,在乎世隆这个人。幸好她这时候想起了瑞莲:瑞莲不是最好的见证人么?让瑞莲来作证,所有的问题不就迎刃而解了么?

哪里还用"没人处问一遍"?瑞兰世隆、瑞莲和那武状元陀满兴福,都当场奉旨完婚,合家团圆。父亲王镇过去的恶行也不计较了。只是动员妹妹跟武状元结合,费了瑞兰的一番口舌。

《拜月亭》剧问世后,一直是戏曲舞台上热演的剧目,川剧、湘剧、桂剧、滇剧、福建梨园戏等都有此剧目,民歌、鼓词、子弟书、牌子曲等也有取材这一故事的作品,且好评如潮。明人李贽、王骥德、何良俊赞赏过,清人王季烈赞赏过,近人王国维、吴梅说得更其明确:"明人如何元朗、臧晋叔辈,激赏南《拜月亭》,以为在《琵琶》之上。然南曲佳处,多出此剧。""《幽闺》本关汉卿《拜月亭》而作,记中'拜月'一折,全袭原文,故为全书最胜处。余则颇多支离丛脞。"(《霜厓曲跋·幽闺记》)人们都十分肯定关汉卿对本剧的贡献,不因为其本残缺而加以忽视,这是关汉卿在九泉之下应该感到安慰的。

六、四春园

《王闰香夜月四春园》杂剧,简名《四春园》或《绯衣梦》。其"题目"是"钱大尹智勘绯(非)衣梦",或作"钱大尹智取贼名姓"。其故事梗概是:

汴梁城里有富人王半州和李十万,两家相善,指腹为亲,王家得女闰香,李家生子庆安。不久李家败落,王家欲悔婚,叫人送十两银子一双鞋给李庆安,说踩断鞋底线便是断亲。一日李庆安放风筝,风筝挂在了王家梧桐树上,他脱鞋上树,让正从树下经过的王闰香看到。闰香认出鞋是自己所做,这才与自己指腹为亲的对象照了面,她见庆安俊秀憨厚,心中喜欢,约定晚上让丫鬟梅香送一包财物给王,请他前来娶亲。当天夜晚,惯偷裴炎到王家作案,杀了梅香劫了包袱,等庆安前来,不慎被梅香尸首绊倒,并沾上了两手鲜血。王家根据李家门上的血手印,将庆安扭去见官,屈打成招。幸好开封府来了新府尹钱可,重审李庆安案。他正要提笔判斩,忽有一苍蝇粘住笔尖,便将它捉住置于笔管中,用纸塞住,再提笔欲判,这回笔管竟突然爆裂。钱大尹让庆安晚上去狱神庙歇息,派人前去记录庆安梦话,得五言四句:"非衣两把火,杀人贼是我。赶得无处藏,走在井底躲。"凭此,钱大尹破了案,在棋盘街井底巷抓住了凶手裴炎,李庆安无罪释放,与王闰香结为夫妻。

本剧开封府府尹钱可,与《钱大尹智宠谢天香》中的男主人公正是一人,字可道,因长有大胡子,雅号"波斯钱大尹",很可能是以宋代钱勰为模特儿塑造的。钱勰,《宋史》卷 317 有传,曾以龙图阁待制出任开封府尹,是又一位包拯式的清官,"宗室贵戚为之敛手"。关汉卿在两剧中都以钱大尹为主人公,且一部从办案、一部从生活的角度来写,可见他对这个人物的推崇和兴趣。

在关汉卿的剧作中,这部作品所受的评价不是很高,但却代代相传,上演率非常高。由此故事延伸而来的剧目在许多剧种中都有,且热演不衰。福建梨园戏有传承自宋元时代的古南戏《林招得》,除了剧中人姓名外,剧情与关剧十分相似;明清传奇一线传递,至近代后各地戏曲,如京剧、汉剧、徽剧、越剧、湘剧、滇剧及秦腔等,都有大同小异的类似剧本,名为《血手印》、《卖水记》、《苍蝇救命》等等不一而足。其主要情节均是梅香到后花园赠金被杀,男主人公受到诬陷,后凭某种神异的力量得以翻案解脱,可见它们属于同一系统。至于为什么评价不高,可能因为它有某种迷信描写。除此,它在戏剧结构和人物塑造方面,却多有可圈可点处,且非常适合舞台搬演,堪称是一部"场上之作",这大概正是它近千年活在戏曲舞台上的根本原因。

至于剧名,剧中凶手裴炎,"裴"字由"非衣"两字上下合成,应作"非衣梦"更相宜,也确有版本写作"非衣梦"的。但据孙光宪《北梦琐言》"木星入斗"条载,唐代有"绯衣谶","绯衣"为"裴",则剧名写作《绯衣梦》似也能自圆其说。

第一折一开头,由冲末扮演王半州员外上,吟诗一首云:"耕牛无宿料,仓鼠有余粮;万事分已定,浮生空白忙。"一听就是个财主的口吻。他自我介绍了一番,就派姆姆到李家悔婚,告诉她:如果李家不肯悔,就请他们早选个"吉日良辰,下财置礼,娶的小姐去。"这本身就是为难李家的意思。因为原来的"李十万"现在已经破落到"叫化李家"的地步。所以,待姆姆到得李家,家主李荣祖只有接受悔婚,把王家拿来的"断亲鞋"让李庆安穿上。庆安还是个一十六岁的半大孩子,还不甚懂事,倒不知难过,穿上鞋就去放风筝了。

再说王家。王闰香已出落成个大姑娘了,情窦初开,自是个懂得伤春悲秋的年纪了。那一日,她与丫鬟梅香一同来到后花园散步赏秋,锦衣绣服,高高兴兴的。梅香问小姐为什么近日清瘦了,闰香倒也坦率,告诉说,那是因为——

〔天下乐〕想起俺那指腹的这成亲李庆安。

(梅香云)姐姐,你想那穷弟子孩儿怎的?(正旦云)这妮

子,你也嫌他穷!(唱)咱人这家也波寒,休将人小
觑看,今日个穷暴了也是他无奈间。俺父亲是
王半州,他父亲是李十万,(带云)人有七贫七富,
人有且贫且富。(唱)天哪,偏怎生他一家儿穷暴
难!(第一折)

　　其实,王闰香还没见过李庆安。这里的"想",也不
一定要作"相思"理解。因为闰香肯定听说了李家的破
落潦倒,这"想"里面应当有着许多担忧的成分,担忧李
庆安家生活无着,当然更担忧李家无钱前来娶亲。梅香
说了一句看不起李家的话,闰香很不高兴,批评她嫌贫
弃穷。她说,人之贫穷富裕都不是一成不变的。话虽这
么说,但天下这么大,人这么多,为什么偏偏让李家"穷
暴难"?她也想不通。

　　闰香在一棵树下见着了一双鞋。又见树上有个人
影,就让梅香唤他下来。这里又有段科白挺生动:

　　(梅香唤科,云)那小哥哥,你下来!俺姐姐唤你哩。

（李庆安云）理会的。我下来这树来，小娘子将我的鞋来，我见小姐去。（梅香云）我与你鞋，穿上见俺姐姐去。（李庆安做见正旦，云）小娘子支撑！小生不合擅入花园，望小娘子宽恕咱。（正旦云）万福。你那里人氏，姓字名谁？（李庆安云）小生是李员外的孩儿，唤做李庆安，因放风筝耍子，不想落在你家梧桐树上抓住了，我来取风筝儿来，小娘子恕小人之罪。（正旦云）谁是李庆安？（李庆安云）则我便是李庆安。（正旦云）你认的指腹成亲的王闰香么？（李庆安云）小生不认的。（正旦云）则我便是王闰香。（李庆安云）原来是王闰香小姐，天使其然在此相会。恕小生之罪也！（正旦云）你因何不来娶我？（李庆安云）小姐不知：俺家当初有钱时，唤俺做李十万；如今穷暴了，唤俺做叫化李家。我无钱，将甚么来娶你？如今人有钱的相看好，无钱的人小看。

（同上）

　　由这段文字看，李庆安还是挺彬彬有礼的。由于戏剧是活动的、流变的艺术，版本间的差别往往很大，特别是说白部分。有一版本的这一部分就与此很不一样，塑造的李庆安很天真稚气。这里的李庆安由"小末"
扮演：

> （梅）兀那小的，你下来。（小末）还我鞋来。
> （梅）我与你鞋，你下树来。（小末下见旦科）姐姐祗揖。
> （旦）万福，一个好俊秀小的也！（小末）我还不曾洗脸
> 哩！（旦）兀那小的，你是谁家？（小末）我是叫化李家。
> （旦）你是哪个叫化李家？（小末）俺父亲此前是李十万，
> 如今无了钱，人叫做李叫化。（旦）你认的指腹成亲的王
> 闰香么？（小末）我不认的。（旦）我便是。（小末）你
> 是，可怎的？（旦）那小的到羞我，你怎不来娶我？（小
> 末）我家无钱……①

　　比较而言，前者有点典雅，而后者则显得质朴而滑
稽调笑了。后者的旦行了个"万福"后，吟了句"一个好
俊秀小的也"，这句肯定是个"背躬"，小末应该是听不
见的，却不料他冷不丁冒了一句"我还不曾洗脸哩"（估

---

① 参见《中国古典名剧鉴赏辞典》《绯衣梦》条，上海古籍出版社
1990年版第32页。

计这里的小末是小丑装扮,脸上涂有黑道白块),打破背躬的程式规定,肯定能逗得观众哈哈大笑。当王闰香告诉他自己就是他指腹为亲的未婚妻时,前者的李庆安立即话就多起来了,显得很殷勤很得体;而后者的,又显出他的出其不意来了:"你是,可怎的?"——"那又怎么样?"问得闰香一时语塞。这后一个李庆安真是傻愣愣的,后来被冤枉杀人,更让人同情和觉得荒谬。可以说,前面的李庆安是按照书生米塑造的,后面的则是市井贫民家的愣小子。中国戏曲向来就是演给读书的人和不读书的人看的。场合不同,内容语言风格就应该有所不同。若是进大户人家唱堂会,拿前一种本子;在勾栏演给小贩走卒们看,甚至下乡为没文化的乡民巡演,当然应该用后一种本子。当贫民观众在"小末"身上看到自己的影子、获得一种共鸣时,他们当然要会心开怀大笑了。这便是中国戏曲版本繁多,特别是说白部分差别很大的根本原因。

〔后庭花〕你道是无钱的人小看,则俺这富

豪家人见罕，则他这富贵天之数，端的是兴衰有往还。你穷汉每得身安，则俺这前程休怠慢！谁将你来小觑看？天着咱相会间，将你来斯顾盼。我觑了你面颜，休忧愁，染病患。

（同上）

这首曲子是王闰香对李庆安唱的。如同上面那首对梅香唱的〔天下乐〕一样，也表现了闰香颇为脱俗、颇有见识的贫富观。"富贵天之数"，"兴衰有往还"，富贵者，也不可能一生一世都富贵，贫富兴衰，也是会交替往还的。闰香生怕庆安自卑，反复强调"谁将你来小觑看？"意思是自己绝对不会小觑他的。她着实担心庆安在忧愁中染病，叮咛嘱咐，要他放宽心，自己会帮助他的。这时的闰香对庆安已经带有几分爱了。同情弱者本来就是一般女子的普遍情感，何况面前是自己指腹为亲的未婚夫！古人将指腹为亲看作是一种"缘"。庆安和闰香更将今天的邂逅看作"缘"。一个说"天使然在此相会"，一个唱"天着咱相会间"，都把这次邂逅视为天意,视为两人婚姻关系的一个转折点,虽然父辈已将它解除。闰香决心挽救她与眼前这小伙子的婚姻,让他晚上到花园来,她要整理出一包金珠财宝令梅香转交。

这里有件道具值得我们注意:那双鞋。鞋是闰香为庆安做的,她只知道送给庆安同时送去了自己的关爱,没想到父亲利用它做了悔亲之具。在两人邂逅中,这鞋又充当了导引。庆安脱鞋上树,闰香认鞋,庆安下树向梅香要鞋,梅香给鞋,从鞋问到人,从鞋说到婚姻。我们明显可以感到,作者在鞋上面是用了心的。鞋上还有古代恋俗婚俗的若干投影。中国婚恋是强调“线”的。有所谓“千里姻缘一线牵”、“月下老人手里的红丝线”等说法。鞋是一针一线、千针万线做的,故从来都是中国女子向心仪男人表示感情之物;悔亲的文章,也做在线上:踏断线脚,象征着断了线的姻缘。所以这里的鞋就不光是服饰,而是一种服饰民俗文化了。

开封地面上有一个惯偷叫裴炎。他的偷窃生涯正是他的“上场诗”可以概括的:“两只脚穿房入户,一双手偷东摸西。”这天他拿了件绵团袄到王员外的当店来当,王员外与他发生了争吵,他怀恨在心。当天晚上,他翻墙进了王家花园,正好梅香拿着一包财宝出来,他谋财害命,杀了梅香劫了宝。等李庆安前来,举风筝对暗号寻找梅香时,绊倒在梅香的尸体旁边,弄了两手血回去。且说闺房里的王闺香,见梅香去了那么久还不回来,急得像热锅上的蚂蚁:

〔南吕一枝花〕去时节恰黄昏灯影中,看看的定夜钟声后。我可便本欲图两处喜,倒翻做满怀愁,心绪浇油。脚趔趄家前后,身倒在门左右。觉一阵地惨天愁,遍体上寒毛抖擞。

〔梁州〕战速速肉如钩搭,森森的发似人揪。本待要铺谋定计风也不教透,送的我有家难奔,有事难收。脚下的鹅棉涩道①,身倚定亮隔虬楼②,我一片心搜寻遍四大神州。不中用野走娇羞!俺俺俺本是那一对儿未成就交颈的鸳鸯,是是是则为那软兀剌误事的那禽兽③,

天哪！天哪！闪的我嘴碌都恰便似跌了弹的斑鸠。我则待问一个事头，昏天黑地，谁敢向花园里走？我从来又怯后[④]。则为那无用的梅香无去就，送的我泼水难收。（第二折）

① 鹅楣涩道：房屋墙脚下石砌的陡斜基址。

② 亮隔虬楼：门窗。

③ 软兀剌：软绵绵，不中用的样子。

④ 怯后：走路时感到身后有什么东西跟着似的让人害怕。

闰香焦急万分的结果是自己迈出闺门去寻找，去看个究竟。〔一枝花〕曲“满怀愁，心绪浇油”之后，就是写她跨出绣房后身心两方面的种种反应。她一出门就有一种毛骨悚然的感觉，当然因为是晚上，夜路难走，作为闺房小姐她不习惯；但同时，也是作者在表现一种第六感觉：主人公好像已经感觉到出事了，好像大祸临头了。“昏天黑地”，“觉一阵地惨天愁，遍体上寒毛抖擞”，舞台上的气氛顿时变得阴森凛冽，观众看到这里，一定会为之不寒而栗的。闺香一边怕着一边走着，心里充满着对梅香的抱怨，还要提防被人看见，一会儿倚在楼基边前行，一会儿靠在门窗上喘息，不时瞅瞅漆黑的身后，似乎已寻遍了"四大神州"，还是不见梅香的影子。

这是一段繁复优美的载歌载舞的戏剧段子。舞蹈语汇与曲词结合，把人物在特定环境中的内心活动、生理反应，淋漓尽致地展现在人们眼前。在演出时，舞台上不可能真的黑灯瞎火，那种黑暗感、恐惧感，也是靠演员用歌舞身段动作一点一点模拟出来的。就像《三岔口》、就像《夜店》。可以说，舞台时空、戏剧氛围，都是"背"在演员身上的。这是中国戏曲的特征所在。这正是"演员中心主义"的基础。

〔四块玉〕那风筝儿为记号，他可便依然有，咱两个相约在梧桐树边头。（带云）险不绊倒了我那！（唱）则我这绣鞋儿莫不跚着那青苔溜，这泥污了我鞋底尖，红染了我这罗袴口，可怎

生血浸湿我这白那个袜头？(同上)

王闰香终于来到后花园。她一眼看见了风筝，提着的心一下子放了下来。因为她与李庆安约好，以风筝为记号的，现在在梧桐树边看见了记号，可见人还是来了的。但情形急转直下：她差一点被什么绊倒。她怀疑自己的绣鞋踩着了滑溜溜的青苔，或是鞋底在稀泥地上打滑，就去查看自己的脚，一看吓了一跳：裤脚管已被什么东西染红，白袜头更为血红的东西湿透。这到底发生了什么？闰香的曲子，在一个大问号处结束。这问号，更划在她心头。

姆姆来了，父亲来了，都怀疑李庆安是凶手。闰香不信。他们去李家察看，看到了门上的血手印。李庆安被捕，屈打成招，押在死牢。开封府来了新府尹钱可，重新审理李庆安案，发现凶器是一把屠夫用的刀，不像是李庆安这样的文弱书生拿得动的，有点怀疑。但那是前任审结了的，一个小小的怀疑也难以动摇。正要提笔判"斩"，忽然有一苍蝇粘住笔尖，让人赶也赶不走，只见它死死地抱住笔尖,将它捉住置于笔管中,用纸塞住。再提笔欲判,这回笔管竟突然爆裂。钱大尹觉得蹊跷,就搁下笔来,让庆安晚上去狱神庙歇息。庆安明白,那是自己曾经放生的苍蝇救了自己。晚上,钱可派外郎前去记录庆安梦话,记下五言四句为:"非衣两把火,杀人贼是我。赶得无处藏,走在井底躲。"钱可反复思索推理,终于合成"裴炎"两字,又打听到开封城里有条"棋盘街井底巷",心里就有数了。

剧本第三折与《邓夫人苦痛哭存孝》之第三折一样,比较特殊,正旦另外扮演别人。这里正旦扮演的茶三婆,和净扮的茶博士,在棋盘街井底巷开了个夫妻老婆茶馆店。她一出场就是这样的声口:

来也,来也。好年光也!俺这里船临汴水休举棹,马到夷门懒赠鞭;看了大海休夸水,除了梁园总是天。俺这里惟有一塔闲田地,不是栽花蹴气球。好京师也呵!

〔越调斗鹌鹑〕俺这里锦片也似夷门,蓬莱般帝城。端的是辏集人烟①,骈阗市集②,年稔

时丰，太平光景。四海宁，乐业声。休夸你四百座军州，八十里汴京，俺这里千军聚会，万国来朝，五马攒营。（第三折）

① 辏集：聚集。
② 骈阗：连续的意思。

古代诗词中描写都市风光的，颇有些佳篇。如柳永的《望海潮》"东南形胜"，还有关汉卿自己的〔大德歌〕《杭州景》等。其实不光是单篇独立的词作、散曲中有，剧曲中也有，比如我们眼前的这首。这是都城市民之歌。他们歌颂自己生活的城市，表现他们的市民优越感。瞧，这茶三婆一上场，就赞了句"好年光也！"年光就是风光。她说她这里的风景让游人流连忘返："俺这里船临汴水休举棹，马到夷门懒赠鞭"，坐船的到这里摇不动桨，骑马的到这里懒得举鞭。她说她这里但凡有一块空地，不是种花就是做了球场。茶三婆的口气中满含着得意，因为他们夫妻茶馆店占了个好市口。

〔紫花儿序〕好茶也,汤浇玉蕊,茶点金橙。茶局子提两个茶瓶,一个要凉蜜水,搭着味转胜。客来要两般茶名。南阁子里啜盏会钱,东阁子里卖煎提瓶①。

① 提瓶:提壶续水的人,有时还代人传话,讲解人情。

这就是一曲广告歌了。我们知道,宋元时代都城人喝水吃茶十分讲究,故而买水开茶馆成了一项商业。因为行商做生意,所以有叫卖歌。宋元词曲牌中的〔新水令〕、〔甜水令〕、〔浆水令〕之属,就是这样叫卖的产物。茶馆店除了等待客人上门,也有提着茶瓶外卖的,即有"坐商"、"行商"两种形式。北宋笔记《东京梦华录》"民俗"条,有这样的记载:"更有提茶瓶之人,每日邻里互相支茶,相问动静。"南宋的《西湖老人繁胜录》"诸行市"条和《武林旧事》"小经纪"条里,都有"提茶瓶"这个行当。看起来"提茶瓶"原本是邻里间互通有无、互相关照的一项习俗,后来成了一种职业,相当于今天的服务性行业。

　　同为南宋笔记《都城纪胜》更有"茶坊"条，可作我们理解这首曲子的参考："大茶坊张挂名人书画……所以消遣久待也。……冬天兼卖擂茶，或卖盐豉汤，暑天兼卖梅花酒。绍兴间，用鼓乐吹梅花酒曲。……茶楼多有都人子弟占此会聚，习学乐器，或唱叫之类，谓之'挂牌儿'。人情茶坊——本非以茶汤为正，但将此为由，多小茶钱也。又有一等专是娼妓弟兄打聚处，又有一等专是诸行借工卖伎人会聚行老处，谓之'市头'。水茶坊——乃娼家聊设桌凳，以茶为由，后生辈甘于费钱，谓之'干茶钱'。提茶瓶——即是趁赴充茶人，寻常月旦望，每日与人传语往还，或讲集人情分子。又有一等，是街司人兵，以此为名，乞见钱物，谓之'龊茶'。"围绕着吃茶，竟有这么多的讲究！人情世故在这里展现，金钱伎艺在这里流通。所以中国会有"茶文化"一说。所以老舍会有《茶馆》一剧。

　　我们之所以在这里选择了这样两首曲子作一赏析，就是因为它们是中古市商民俗的一个反映。正因为茶馆决不是个单纯喝茶的所在,故本剧中的案情调查就会在那里展开,茶三婆的证词举足轻重,裴炎最后伏法判斩。

剧本第四折,十分简练,只有一个短套四支曲,敷演李庆安、王闰香团圆,这点篇幅尽够了。关汉卿的剧本总是这样有话则长、无话则短,有详有略,这也是他的优点之一。

本剧的"苍蝇救命"、"梦话破案"情节,历来被看作是"糟粕"。其实中间也包含有民间的俗信,那就是:征兆。"梦话破案"表现的是梦兆,"苍蝇救命"表现的是动物兆。虽然都有些荒诞不稽,但因为已形成为一种文化了,所以处身于同一文化背景中的人们都会不同程度地相信它们。这是属于巫术性思维的一种"联想群","这些联想物之间都是可交际的,因为特定文化中的大多数人很熟悉它们"(弗莱语)。凭一两处情节说关汉卿宣传迷信,不免有点简单化了。通过关剧我们可以了解许多当时流行的民俗,这是我们要感谢关汉卿的。

七、望江亭

　　此剧全名《望江亭中秋切鲙旦》,从剧本风格看,它是关汉卿的一本喜剧;从题材上看,它就很难归类了,既不属公案剧,又不能归风情剧。这正是关剧的一大优点:不拘一格。此剧故事来源无考,看来是关汉卿从现实生活中汲取题材撰写的。剧中的女主人公谭记儿乔装改扮,智勇双全,为捍卫自己的幸福生活而战。她的性格也极其多面、极为可爱,当她还是个年轻寡妇的时候,她在内心里十分向往爱情,却在表面上装模作样;当她身为学士与州官夫人时,她温文尔雅,举止端庄;但是当丈夫受到危险、她来之不易的幸福生活受到威胁时,她一变脸就成了个泼辣风流的渔妇,摇船捕鱼、挽袖切鲙、传杯递盏、打情骂俏,无所不用其极,这才赚取了势剑金牌,将一场灾难化作乌有。谭记儿因此为中国文艺史长廊增添了一个不可替代的女性形象,《望江亭》也因此被誉为汉卿另一部著名喜剧——《救风尘》的姐妹篇。

刚一出场的谭记儿是个寂寞的守寡少妇。她丈夫已亡故三年,她孤独难耐,只好常常到清安观找白姑姑闲话聊天。这一日,她又过来了,一路走,一路观景,一路长吁短叹:

〔混江龙〕我为甚一声长叹,玉容寂寞泪阑干? 则这花枝里外,竹影中间,气吁的片片飞花纷似雨,泪洒的珊珊翠竹染成斑①。我想着香闺少女,但生的嫩色娇颜,都只爱朝云暮雨②,那个肯凤只鸾单? 这愁容恰便似海来深,可兀的无边岸! 怎守得三贞九烈,敢早着了钻懒帮闲。(第一折)

① 珊珊翠竹染成斑：相传，舜死后其妻娥皇、女英泪滴竹枝，形成斑点。

② 朝云暮雨：指男女欢爱，见宋玉《高唐赋》。

这是真正的"亮相"，"亮"内心世界之"相"。她自问自答、自怨自艾、自言自语，她在这"花枝里外，竹影中间"走着，映入眼帘的景物，在她看来都受人的感情支配和浸染：飞花是由她叹息的气流吹落，斑竹是让她洒落的泪珠染成。她肯定，那些个"初长成"的"香闺少女"都是向往爱与被爱、向往成双成对的，别说是像自己这样成过婚有过丈夫的。可封建道德要求女子做贞妇烈女。这叫自己如何做得到、守得住呵！

除了早期的《诗经》、乐府民歌而外，中国传统文学是忽视表现女性欲望、女性意愿的。一些以女性为描写对象的篇什，实际上也只是把女性当作"把玩"之物，并非站在女性的立场之上。李清照的一些描绘他们夫妻之爱的词作，即曾遭来过许多非议，说她"夸张笔墨，无所羞畏"，"肆意落笔"，"无顾藉也"等。在关汉卿的剧作中,我们看到,这样的历史终于被改写了。他每每是站在肯定女性欲望的正当性、正常性和正义性的立场之上,来抒写、塑造这些女性形象的,理直气壮、直言不讳。比如上述的这首〔混江龙〕,就简直是女性欲望的一篇宣言、一面旗帜。从这个意义上看,可以说关汉卿是上承《诗经》、下启曹雪芹《红楼梦》的一位女性主义文学家。

见着了白姑姑,谭记儿照例表达了自己要想出家的意思,而姑姑今天却奇,几次三番把话题转移到"嫁人"上。见白姑说自己会受不了出家人"草衣木食,熬枯受淡"的生活,劝她"不如早早嫁一个丈夫去好",记儿唱道:

〔村里迓鼓〕怎如得您这出家儿清静,到大来一身散诞。自从俺儿夫亡后,再没个相随相伴。俺也曾把世味亲尝,人情识破,怕什么尘缘羁绊?俺如今罢扫了蛾眉,净洗了粉脸,卸下了云鬟,姑姑也待甘心捱您这粗茶淡饭。

(同上)

　　守寡三年中,谭记儿究竟尝到了一些怎样的"世味"、识得了怎样的"人情",这是可以想见的。她想出家,那是因为身边找不到"相随相伴"之人、爱与被爱之人。如果有,哪怕她已经是个出家人了,我想她也会为此"还俗"的。这就是谭记儿。这就是"关汉卿式"的女性形象。懂得了这一点,就能理解谭记儿身上表现出来的那些"矛盾",不会简单地把它们归结为口是心非。

　　吴梅先生很喜欢上曲的后半,赞它是"字字芳逸,非肠肥脑满辈所能办也"(《〈望江亭〉跋》)。

　　原来,白姑姑有一个侄儿叫白士中,读书做官,到这潭州之地任职,妻子已死,所以他姑姑一心要想把谭记儿介绍给他。刚才谭记儿还没来到清安观时,他们姑侄二人已经策划好了,准备软硬兼施、连劝带诈地逼记儿"就范"。记儿谈兴正浓,白姑姑一声咳嗽,白士中从屏风后走了出来,谭记儿见有陌生人欲离开,姑姑已经将门关上,白士中则诈说是记儿约他来的。这就是喜剧之所以为喜剧了。在现实生活中,作为道姑的白姑姑是不太可能为人做媒的,更不可能这样强做媒;文士白士中更不可能用这样"栽赃"似的要挟手法求爱。而在喜剧中，一切都可以是夸张的、变形的，喜剧效果正出自于这样的喜剧关目之中。

谭记儿一见着白士中，其实心里就肯了，但表面上，她还要推辞几句，拒绝一番。因为她明白，女人太容易上手的话，日后肯定要给男人等闲视之。她怕自己要是真的被怂恿得动了感情，到时白姑姑却撒手不管了，自己就会下不了台；她怕对他了解得不够，轻率地学卓文君一心与他这司马相如私奔，过后发现他不是个"一心人"的话，那就晚了。她对白姑姑说，要他"依的我一句话"，才能"随他去"，不然没门。她的这句话是：

〔后庭花〕你着他休忘了容易间，则这个十字莫放闲，岂不闻"芳槿无终日，贞松耐岁寒"①。姑姑也非是我要拿班②，只怕他将咱轻慢；我我我擿断的上了竿，你你你掇梯儿着眼看③。他他他把凤求凰暗里弹④，我我我背王孙去不远⑤，只愿他肯肯肯做一心人，不转

关⑥，我和他守守守白头吟，非浪侃。（同上）

① 芳槿无终日，贞松耐岁寒：木槿花芳香但朝开暮谢，松树却
   终年青翠，比喻两种不同的爱情。

② 拿班：搭架子，装模作样。

③ 揎断的上了竿、掇梯儿着眼看：元代谚语，意为怂恿别人上
   到高处，却在下面抽掉梯子让人下不来。

④ 凤求凰：古曲名，司马相如曾以一曲《凤求凰》向卓文君通
   情愫。

⑤ 王孙：指卓文君之父，这里将自己比作卓文君，表示愿意像
   文君一样背父私奔。

⑥ 转关：变卦。

　　女人家的心思真是繁复细腻！越是自己心仪的，越
是不能轻易表露；越是自己向往的，越是要把铺垫做足。
这便是所谓的欲擒还纵、欲扬先抑。在女人不能主宰自
己命运的封建社会，其实能把自己心思像剧本中这样表
露都是不太可能的。关汉卿在剧中每每塑造再婚女子，

因为再婚女子反而有一定的自由选择机会，也能把自己的意思表述得相对清楚。

《望江亭》第二折写得不算好，只能看作过场戏，交代杨衙内恶人告状，要来取白士中首级，这事让谭记儿知道了。真正好看的，是第三折的戏。一般元杂剧也多是第三折好看，而《望江亭》的这一折特别精彩，难怪后世多将这一折作折子戏来演。

一个刚才还是锦衣绣裙的贵家夫人，一转眼，粗布衣衫，外披一袭蓑衣，毛蓝布头巾包了秀发，外戴一顶箬笠，活脱脱一个渔妇的模样了。这本身就很有戏剧性，很有观赏价值。

在中秋满月映照的江面上，一条小渔船慢慢地划了过来，揉碎江上月影。一腔悠悠然的叫卖声传过来，那声音分外好听：

（云）好鱼也！这鱼在那江边游戏，趁浪寻食，却被我驾一孤舟，撒开网去，打出三尺锦鳞，还活活泼泼的乱跳，好鲜鱼也！

〔越调斗鹌鹑〕则这今晚开筵,正是中秋令节,只合低唱浅斟,莫待他花残月缺。见了的珍奇,不消的咱说,则这鱼鳞甲鲜滋味别,这鱼不宜那水煮油煎,则是那薄批细切。

(云)我这一来,非容易也呵!(唱)

〔紫花儿序〕俺则待稍关打节,怕有那惯施舍的经商不请言赊。则俺这篮中鱼尾,又不比案上罗列,活计全别,俺则是一撒网,一蓑衣,一箬笠。先图些打捏①,只问那肯买的哥哥照顾俺也些些。(第三折)

① 打捏:微薄的收入。

谭记儿唱的这两段"广告曲",文章做在三点上,一是中秋节,二是鱼,三是价钱。

中秋是中国人很重视的一个年中节日,按照民间习俗,这一晚人们会在露台庭院开阔地设案设宴,拜月赏月,吃月饼,饮酒作乐,《东京梦华录》称之为"玩月"。

谭记儿手中捧着的鱼,是一尾"金色鲤鱼",她在科白中已经强调这鱼的鲜活,曲中,更介绍了这鱼该怎么吃,说"这鱼不宜那水煮油煎,则是那薄批细切",即不要煎煮,而要"切鲙"——吃生鱼片,这才能吃出鱼的"滋味别"来。中国古代生吃河鲜十分普遍,这一饮食习俗至今保留在日本。

做买卖的人自然会讨价还价。谭记儿要是没有这〔紫花儿序〕的唱词,那她这个"渔妇"扮得也就不十分到位了。她先叹了几声捕鱼的艰难,说自己篮里的鱼是刚刚打上来的,而不是案板上排成排的死鱼;说自己为了打这鱼,蓑衣箬笠,临江撒网,不是一般人干得了的"活计";她说做生意最怕别人赊账,而自己只是图点微利,请买主无论如何照顾自己点儿。这首曲表面上句句说的是生意,细辨又觉她是话里有话。她说她拿鱼来"稍关打节(打通关节)",是要对方付出代价(不准赊欠)的;她要先图些"微利",等一会再设法大获全胜。

谭记儿真是"非容易"。

关汉卿写出这样一曲双关来,亦是何等的"非容易"也呵!

决不可小觑谭记儿！她与衙内船上人一交接，就显出了身手不凡。她第一道先通李稍的关，当李稍说"这个姐姐，我有些面善"时，恐怕谭记儿还没替自己想好假名儿，或是想好了一看形势不对拿不出手，她便机灵地反问道："你道我是谁？"李稍猜道："姐姐，你敢是张二嫂么？"记儿将计就计，"我便是张二嫂，你怎么不认的我了？你是谁？"当听说对方叫"李阿鳖"时，她故作恍悟："你是李阿鳖？儿子，这些时吃得好了，我想你来"，还假作亲昵地上去打了他一拳。

万事开头难，第一关一过，第二关张千、第三关杨衙内就好过了。不一会儿，杨衙内已经和谭记儿混熟，举杯换盏、眉来眼去的，杨说要娶"张二嫂"做"第二个夫人"，下面一曲，正是谭记儿对此的表态：

〔鬼三台〕不是我夸贞烈，世不曾和个人儿热。我丑则丑，刁决古撒①；不由我见官人便心邪，我也立不的志节。官人你救黎民，为人须

为彻;拿滥官,杀人须见血。我呵,只为你这眼
去眉来,(正旦与衙内做意儿科,唱)使不着我那冰
清玉洁。(同上)

① 刁决古撒：性情固执、古怪。

记儿先自夸了几句"贞烈",说自己还从来没和谁
热乎过,虽说长得丑,但性格固执,不因为丑而随便跟什
么人去。可是今天不对了,见了"官人"不由得动了心,
再不讲究什么"冰清玉洁"。记儿在话语中还将杨衙内
大大赞扬一番,说他"救黎民"、"拿滥官",告诫他要把
这些好事做彻底。这些话,自然是杨衙内声声入耳、句
句中听的,加上记儿说话时"做意儿"卖弄风情,怎不叫
那愚蠢的好色鬼情不自禁地"勿勿勿"笑出声来!

谭记儿觉着火候还不够,接着唱了一首曲儿道：

〔圣药王〕珠冠儿怎戴者？霞帔儿怎挂者？
这三檐伞怎向顶门遮？唤侍妾簇捧者,我从来打

鱼船上扭的那身子儿别,替你稳坐七香车。(同上)

　　这"张二嫂"简直是迫不及待了嘛!你瞧她在毛蓝布头巾上比划戴"珠冠儿"的样子,在粗布衣裙上想象挂"霞帔儿"的姿势,还要"三檐伞"、"七香车",还要丫鬟侍妾前呼后拥……她在憧憬婚礼场面,她讲这段话时还不失时机地扭搭自己身子,展示自己身体的曲线美。杨衙内怎禁得住这般调情?早已是骨酥心痒了!

　　接下来的"戏"就好演了。"张二嫂"跟杨衙内又对对子又吟诗作词,逗得杨"好!好!好!""妙!妙!妙!"地大叫,期间美酒喝了一杯又一杯,直至杨衙内醉眼朦胧、醉步趔趄:

　　〔秃厮儿〕那厮儿也忒懵懂,玉山低趄①,着鬼祟醉眼乜斜,我将这金牌虎符都袖褪者;唤相公,早醒些,快迭!(同上)

① 玉山:旧时用以比喻美好的男人身材,语出《世说新语》。

谭记儿真个是胆大心细！见眼前三个醉鬼东倒西歪，站不稳脚跟睁不开眼，她从从容容地把金牌虎符藏进袖拢里，不放心，没有拔腿就走，回过身来，喊喊这个，推推那个，都一动不动，这才相信是醉狠了，不碍事了。这女子颇有点幽默感，你瞧她临行又做了什么：

〔络丝娘〕我且回身将杨衙内深深的拜谢，您娘向急飐飐船儿上去也，到家对儿夫尽分说那一番周折。

（带云）惭愧，惭愧！（唱）

〔收尾〕从今不受人磨灭，稳情取好夫妻百年喜悦。俺这里美孜孜在芙蓉帐笑春风；只他那冷清清杨柳岸伴残月①。（同上）

① 杨柳岸伴残月：柳永《雨霖铃》词里有名句"杨柳岸、晓风残月"，此处借以嘲讽杨衙内。

离开前还向仇人深深一拜，打一声招呼："你娘"我走了,感谢他的愚蠢成全了自己的"智取"。谭记儿真为自己的胜利高兴得手舞足蹈。她多么想立即"飞"到丈夫身边,让丈夫分享自己的聪明、自己的快乐!一想到坏人已经被制服,今后夫妻恩爱,"百年喜悦",禁不住一丝甜笑挂上脸庞;回望酩酊大醉的这一堆蠢货,那丝甜笑就转变成了嘲笑。

第三折〔越调〕一套〔收尾〕之后,还有一首有趣的曲子,表现杨衙内他们酒醒之后发现金牌等被盗,跌足捶胸的情景,调寄〔马鞍儿〕:

> (李稍唱)〔马鞍儿〕想着想着跌脚儿叫。(张千唱)想着想着我难熬。(衙内唱)酪子里愁肠酪子里焦①。(众合唱)又不敢着旁人知道,则把他这好香烧好香烧,咒的他热肉儿跳!

① 酪子里:暗地里。

这是一支"增曲"。不押原韵,亦不遵守元杂剧"一

人主唱"的规则,台上人物一人唱一句,最后还有几句
"合唱"。这全然是南戏的演唱法。杂剧偶然用之,以
增加演出的趣味性,调剂场上的单调气氛。所以唱完后
杨衙内还有句说白:"这厮每扮南戏那!"说明这里用的
是一首南曲。(《元曲选》版本落了一个"南"字,遂意思
不太明了。)这透露了北杂剧创作已有自嫌单调的倾
向,"南北合套"势在必行。可惜在北曲中这还是偶尔
为之,真正全面实践"南北合套"艺术手法的,最终是南
戏作家。所以后来南盛北衰。

好"戏"还没完。杨衙内酒醒之后,倒未忘了自己
的使命,来到白士中住处,几番番拿不出捉拿白的文书
来。正在这时,"张二嫂"倒前来告状了:

〔双调新水令〕有这等依权豪贪酒色滥官
员,将俺个有儿夫的媳妇来欺骗。他只待强拆
开我长揆揆的连理枝,生摆断我颤巍巍的并头
莲;其实负屈衔冤,好将俺穷百姓可怜见!(第
四折)

这渔妇模样的女子跪倒在白士中面前,高声道:"大人可怜见!有杨衙内在半江心里欺骗我来!"一搅和,杨衙内心就慌了,要与白士中互相免罪,但有一个小小的要求:想见见白夫人。换了装的谭记儿走上了场,还是李稍认出她来。少不得,杨衙内被谭记儿狠狠地奚落嘲弄了一番。

巡抚湖南都御使李秉忠来了,审理了是非曲直,杨衙内被问成"杂犯",削职为民;谭记儿、白士中则夫妻团圆。在全剧结束的时候,少不了要唱首感恩戴德的团圆曲:

〔清江引〕虽然道今世里的夫妻凤世的缘,毕竟是谁方便;从此无别离,百事长如愿,这多谢你个赛龙图恩不浅!(同上)

《望江亭》一直是中国戏曲舞台上热演的剧目,是中国老百姓喜闻乐见的故事。解放以后,川剧和京剧先后把它改编搬上了舞台,著名京剧演员张君秋扮演谭记儿,后来《望江亭》就成了张派的经典保留剧目。

笔者愿意在这里比较一下谭记儿和窦娥。在关汉卿笔下,她们两人都是年轻寡妇,现存的关剧中,作为主人公出现的,也惟有这两个为寡妇形象。她俩在乍一出场时,心境情绪也差不多。一个唱道:"满腹闲愁,数年禁受,天知否? 天若是知我情由,怕不待和天瘦。"另一个唱道:"我则为锦帐春阑,绣衿香散,深闺晚,粉谢脂残,到的这日暮愁无限。"一个诉道:"则问那黄昏白昼,两般儿忘食废寝几时休? 大都来昨宵梦里,和着这今日心头。催人泪的是锦烂漫花枝横绣闼,断人肠的是剔团圞月色挂妆楼。"另一个诉道:"我为甚一声长叹,玉容寂寞泪阑干? 则这花枝里外,竹影中间,气吁的片片飞花纷似雨,泪洒的珊珊翠竹染成斑。"都一样的仰天长叹、对花落泪,一个个的问号在心中纠结不开,度日如年,度夜何止如年! 在剧作中,她们都是在守寡三年后,遇到生命之转折的:一个遇上了白士中,两心相肯,婚后碰到点外来的小麻烦,让我们的女主人公得以大大地表现了一番她的智慧,她的手段,她的胆气;另一个遇上的则是市井泼皮张驴儿,抗婚,得罪了泼皮父子,终于家里出了人命,被冤枉犯了谋杀罪,丢了性命。

也有学者将谭记儿、窦娥,将《望江亭》、《窦娥冤》放在一起考虑过。康保成在《关汉卿剧作赏析》中说:"寡妇再醮,往往被视为不道德。《窦娥冤》中就流露过这种思想。但《望江亭》却表明,关汉卿决不是一个提倡妇女恪守三从四德的冬烘先生。""表面看去,第一折中的白道姑与白上中简直是两个类似张驴儿的无赖。"康保成提出的现象是有趣的、值得思索的。我们不妨作一个这样的假设:如果窦娥遇到的不是张驴儿,而是一个她所喜欢的人,或者说,窦娥很喜欢张驴儿其人,情况会怎样?我想,窦娥极有可能成为谭记儿第二。

这就涉及关汉卿女性主义文学观的问题了。关汉卿是极为重视女性感受、女性意愿、女性欲望的人。他同样地珍爱着他笔下的谭记儿和窦娥。不能说关汉卿在《窦娥冤》和《望江亭》两剧中表现的妇女观是不一样的,前者流露过对妇女再醮的嘲讽,流露过对妇女三从四德的提倡。事实是:《窦娥冤》中那些"三从四德"、

"从一而终"言论,都是窦娥抵御张驴儿性骚扰、性侵犯的挡箭牌。其关键,就是窦娥不喜欢张驴儿;如果喜欢,窦娥也会像谭记儿那样,不再计较对方的求爱方式,哪怕是"恶叉白赖",也能够接受。所以,无论从《望江亭》还是《窦娥冤》看关汉卿,他都不是一个"提倡妇女恪守三从四德的冬烘先生"。

八、玉镜台

　　《玉镜台》全名《温太真玉镜台》，这是一出表现老夫少妇的戏剧。中国文艺作品中的恋爱婚姻模式:般配的,有才子佳人、英雄美女等;不甚般配的,有老夫少妇、丑夫美妻之类。因为后者不甚般配,故容易从中生发出许多搞笑的内容,所以每每成就其为一部喜剧,比如这本《玉镜台》杂剧,就是这样的喜剧。

　　杂剧所本的故事原就带有浓重的喜剧色彩。那是一段记录在《世说新语》里的故事,不长,略介绍于此:晋朝骠骑大将军温峤丧妇,他的远房姑妈因为世事离乱,急于给女儿找婆家,托温峤觅婿。温深知表妹"甚有姿慧",很想毛遂自荐,就试探姑母说:现在好女婿不易找,找个跟温峤不差上下的如何?姑母说:丧败之余,有个存活的归宿就不错了,哪能指望找个像你这样的?温峤心里有底了。几天后,温来回说已找到,新女婿的名声地位都不在自己之下,还让他带枚玉镜台来作为定情之物。姑母大喜过望。待到婚礼,新娘忽地用手掀起红纱盖,抚掌大笑曰:"我原就怀疑是个老东西,果不出我所料!"

应当说,从故事情节看,关汉卿的《玉镜台》与刘义庆《世说新语》中的已有较大不同。关剧更多地发展了原作的喜剧精神。温太真的苦苦用心,其表妹(剧中人名刘倩英)的爽利泼辣,在剧中都有较好的表现。

简而言之,《玉镜台》的主题是"不伏(服)老"。关汉卿自己就是个"不伏老"的家伙,曾用整整一套曲表现过这一情绪:"我是个蒸不烂煮不熟锤不扁炒不爆响当当一粒铜豌豆。"这里又用戏剧的形式塑造了"不伏老"的温太真。两者可以互相对照着来读。

全剧四折。第一折刚出场时的温峤温太真,是一个踌躇满志、得意非凡的仕途幸运儿,他说自己"车骑成行",门庭若市,在朋党中谈古论今,"语出人皆仰"。虽然人到中年,青春不再,但毕竟功成名就,比起那些一辈子苦苦奋斗、到老来一事无成者,不知要幸运多少倍呢:

〔油葫芦〕还有那苦志书生才学广,一年年守选场,早熬的萧萧白发满头霜;几时得出为破虏三军将,入为治国头厅相①?只愿的圣主兴、世运昌,把黄金结作漫天网,收俊杰、揽贤良。(第一折)

① 头厅相:亦作头庭相、头廷相,指宰相和高级官员。

这首曲子为我们描绘了一些"范进"式的人物,他们为科考苦其心志,一年又一年地"守"候在选场。这一个"守"字下得好,下得生动,把那些眼睛盯着科场、如饥似渴般一心想要博取功名的人的迂腐神态,和盘托出。同样下得生动的是下一句的"熬"字,熬,忍耐支持,结果是"熬"白了头却不一定"熬"得到一官半职。

以这首〔油葫芦〕为代表的前后六七首曲子,都是在讲官场的得意失意。有人觉得这一段与剧情没半点关照,令人生厌。其实,这一段内容不仅仅是表现温峤官场得意、情场失意的必需,而且也暗含着剧作家关汉卿对仕途的看法。我们知道,关汉卿是个鄙薄仕进、一生布衣的剧作家,他的一生过得有声有色、丰富多彩,在他眼里,"一年年守选场"有什么乐趣?"早熬的萧萧白发满头霜"一点都不值得。所以这几段曲子颇含了些嘲讽、劝诫在里面,这是需要特地指出的。

刚刚还在洋洋得意话官场,突然想到中年丧妻身边冷落,情绪难免一个跌宕,但他还不无自嘲地说,看在仕途顺遂的份儿上,还是"不枉"的,值得的:

〔幺篇〕不枉了开着金屋、空着画堂①,酒醒梦觉无情况②,好天良夜成疏旷,临风对月空惆怅。怎能够可情人消受锦幄凤凰衾,把愁怀都打撇在玉枕鸳鸯帐③。(同上)

① 画堂：这里有洞房的意思。参见唐代崔颢《王家少妇》：
"十五嫁王昌,盈盈入画堂。"

② 情况：指男女欢爱。

③ 打撒：抛撒,丢弃。

是呵！"开着金屋"——无有娇妻,无须"藏","金屋"便也只要"开"着就可以了；"空着画堂"——无人主持、无人享用,这是多人的遗憾！后面按着一组"鼎足对","酒醒梦觉"、"好天良夜"、"临风对月",都堪成风流,却无风流可享。这三句对偶工整、韵脚重沓,有七言诗句的外形却又有曲的滋味。感叹到这儿,温峤简直要登高一呼了：可情可意的人儿,你在哪里？请你快快来到我身边吧！来与我共享人生吧！来帮我消除"愁怀"吧！

也许是苍天睁眼,让温太真"可情"的人儿说来就来了。温有一个寡居的姑母,被温请来京城生活,但因为温公事冗烦,还未曾前去拜望。这一日有了点闲暇,他径直去了姑母的住处。寒暄一番后,姑母唤出了表妹刘倩英,又端出老相公生前用的银交椅请温峤坐下,隆隆重重地让妹妹拜了哥哥。温峤欠身作答,姑母以为他懂道理,其实他是被表妹的美貌所深深打动:

〔六幺序〕兀的不消人魂魄,绰人眼光①?说神仙那的是天堂?则见脂粉馨香,环珮丁当,藕丝嫩新织仙裳,但风流都在他身上,添分毫便不停当。见他的不动情,你便都休强,则除是铁石儿郎,也索恼断柔肠②。

〔幺篇〕我这里端详他的模样:花比腮庞,花不成妆③;玉比肌肪,玉不生光。宋玉襄王,想象高唐,止不过魂梦悠扬,朝朝暮暮阳台上④,害得他病在膏肓;若还来此相亲傍,怕不就形消骨化,命丧身亡。(同上)

① 绰:吸引。
② 恼:这里是"撩拨"之意。
③ 花不成妆:花不成样子,即"羞花闭月"之意。

167

④ 阳台：借喻男女欢会之处。宋玉《高唐赋》云，楚王在高唐
梦见神女自称"妾巫山之女"，谓己"旦为朝云，暮为行雨，
朝朝暮暮，阳台之下"。

　　温峤这回是"惊艳"了！他自觉眼光被表妹夺了
去，魂魄被表妹消了去，他怀疑眼前亭亭玉立着的是仙
女，但身处的又不是天堂；待他稍稍习惯了这耀眼的光
芒，可以眯起眼来细细打量的时候，他看到、听到、闻到
了这样一些细节：脂粉馨香，环珮丁当，藕丝嫩新织仙
裳。这些细节为他勾勒了一位理想美人的形象，增一分
太白，减一分太瘦，而她，集山川灵秀之气于一身，风流
之至。接着，温峤简直是跟什么人在较劲：什么？你能
无动于衷？别逞能，别说大话，除非你是"铁石儿
郎"——不，哪怕你真是铁石心肠，你也会"恼断柔肠"、
不能自已的。在他眼里，她比鲜花还美，比玉还光洁；他
说宋玉襄王所入的"巫山云雨"之梦，只不过使人"病在
膏肓"而已，如果让他与她亲近，一定会"形消骨化"的，
谁能抵御她美的诱惑？

妹妹给哥哥把酒,道一声"哥哥,满饮一杯",这位做哥哥的先自担起心来:这纤纤十指怎么擎得动酒杯?这细细腰身怎么经得起久立? 他恨不得让她把一半酒泼洒在台阶上:

> 〔醉扶归〕虽是副轻台盏无斤两,则他这手纤细怎擎将? 久立着神仙也不当①。你待把我做真个的哥哥讲,我欲说话别无甚伎俩,把一盏酒淹一半在阶基上②。(同上)

① 不当:这里作挺不住、吃不消讲。
② 阶基:台阶。

礼也见了,酒也饮了,娇滴滴的声音也领教了,更可喜的是姑母还真心诚意地请他做表妹的家庭教师,翌日就去教她弹琴写字。这正是天外飞来的大好事! 试想,在一个男女授受不亲的封建时代,男女之间要想亲近是何等的困难! 可温峤却一下子获得了这样的好机会,怎不叫他在心里大声喝彩！表妹已经回去了。姑母也已经回去了。剩下温峤一个人，还在整顿情绪、回味刚才的一切：

〔赚煞尾〕恰才立一朵海棠娇，捧一盏梨花酿①，把我双送入愁乡醉乡。我这里下得阶基无个顿放②，画堂中别是风光。恰才则挂垂杨一抹斜阳，改变了黯黯阴云蔽上苍。眼见得人倚绿窗，又则怕灯昏罗帐，天那，休添上画檐间疏雨滴愁肠。（同上）

① 梨花酿：洁白清冽、馥郁芳香的美酒。
② 顿放：停放，无个顿放，手足无措的样子。

一切就像发生在仙境！就在这里，有一朵娇娇媚媚的"海棠"花站过；就在这里，我把她捧上的那盏"梨花酿"饮过。美酒将我送入醉乡，美人却将我送入愁乡！温峤手足无措地步下台阶，放眼望去，连天地都改变了面貌："黯黯阴云"被"挂垂杨"的"一抹斜阳"驱除,天地间变得明亮起来;这简直是在预兆温峤的人生"晚景"亮丽无比!温峤担心的是:刚刚"阴"转"晴"的天气,千万不要再转"雨",若是"画檐间"添上"疏雨"之声,他真是要愁肠寸断了。

可以想见,温峤这一夜肯定无眠。

本剧第二折,写温太真教授表妹弹琴、写字。这情节本来是没有什么曲折、冲突的,但因为温峤一心想要接近表妹,表妹身上的气息对他似乎有巨大的吸引力,他对表妹的欣赏已经到了如痴如醉的地步,而整个文化大环境又有着"男女授受不亲"的约束,这样一来,便在简单的故事中,平添了许多波澜。温峤就这样对表妹欣赏又不敢触摸、不触摸又不甘心,稍稍触摸了一下又欣喜若狂,这表演出来,无论是唱段、身段还是表情,都一定是很有"戏"、很好看的。

温峤先教表妹弹琴,姑母在一旁"督教"。温峤让倩英表妹弹了一遍,他在一边细品细赞。琴声乍落,做母亲的又让弹了一遍,怕还有什么需要纠正处。这一

回,温峤哪里是在听琴呵,他眼睛直勾勾地盯着表妹的手儿看,肚子里怀的是这样的心思:

〔牧羊关〕纵然道肌如雪、腕似冰,虽是一段玉,却有几样磨成:指头是三节儿琼瑶^①,指甲似十颗水晶。稳坐的有那稳坐堪人敬,但举动有那举动可人憎。他兀自未揎起金衫袖^②,我又早先听的玉钏鸣。(第二折)

① 琼瑶:美玉。
② 揎:卷。

"肌如雪、腕似冰"对女子雪白的手和晶莹的腕自然形容得好,但终究还太大路,太笼统,所以在此之前要加上"纵然道"三字。在温峤眼里,这双玉手的成色还有不同层次:那纤纤十指,红活红活的,像是由带赤的美玉雕成,而手指甲玲珑剔透又像是由水晶镶的。

这几句写得别致,亏关汉卿想得出。中国历代赞美女人手的文字不计其数,比如"素手"、"玉笋"、"柔荑"、"皓腕"等,关汉卿所写是曲的文字,自与诗词文不同,显得尖巧、新奇。正因为对女人的手如此重视,以至今日,有人提出"手是女人的第二容貌"的说法。

在这里,令人想起汉卿的另外一篇写女人手的文字——散曲〔醉抚归〕《秃指甲》:"十指如枯笋,和袖捧金樽。挡杀银筝字不真,揉痒天生钝。纵有相思泪,索把拳头揾。"原来女人的手也不都是美的!关汉卿的好,就在于他如实写来,还显得这样幽默。

这首散曲,可以与〔牧羊关〕对照着读。一赞一损,一褒一贬,但同样写得尖新,写得生动俏皮,写得俗(通俗)而不俗(庸俗)。曲之与传统诗词的区别,曲之特殊格调,正在这里!

温太真眼中的表妹好到了极端,坐有坐相,动有动相。他的耳朵已全不在琴声上,他仿佛在表妹还没有卷起袖子时就先听到了她的"玉钏鸣"。这是一种"感应",一种"倾注"。他的一颗心全在表妹身上了。

温峤又装模作样教起书法来。他看刘倩英腕端得不平,笔握得不直,乘机走将近去握住表妹指头,手把手地教了起来。倩英见他动手动脚的,很不高兴,把他抢白了一通,在一边监督的姑母倒一个劲地为温峤开脱。温峤这时羡慕起表妹手中的毛笔来:

　　〔四块玉〕兀的紫霜毫烧甚香？斑竹管有何幸？倒能勾柔荑般指尖擎。只你那纤纤的手腕儿须索平正,我不曾将你玉笋汤,他又早星眼睁,好骂我这泼顽皮没气性。(同上)

　　这痴人又在痴问了。请问您这位"紫霜毫"您烧的是甚么香？请问您这位"斑竹管"为什么这样有幸？你们倒是可以这样被"柔荑"一般的手指紧紧握着、与它们如此亲密无间！请教教我,让我也好掌握亲近美人的妙法！他不在乎表妹骂。他喜欢听表妹骂。在他耳朵里,表妹的骂声简直比歌声还好听。他顺着表妹的骂声,自己也"泼顽皮没气性"地骂了几句,像是讨好表妹一般。

　　本曲之头三句修辞上谓之"拟人"手法。因为爱，羡慕乃至嫉妒起与所爱之人接近的一切，甚至物品。这样的写法，在民歌中十分多见。中国新疆地区有一首家喻户晓的民歌《在那遥远的地方》，歌中说，自己愿意是一只小羊，因为那样就可以"卧在她身旁"，任她用细细的皮鞭抽打。瞧瞧，为了接近心上人，不惜变作畜生，不惜挨皮鞭的抽打，这样的曲词，与关汉卿真有异曲同工之妙！

　　一天的教习结束。一天的师生关系结束。姑母请温峤为倩英保媒，温峤做了点手脚，把玉镜台先给了姑母，然后再聘请官媒前来说亲。姑母不知就里，高高兴兴地接下了定情物玉镜台，温峤见好事已十有八九，喜滋滋地憧憬起婚后生活来：

　　　　〔煞尾〕俺待麝兰腮①、粉香臂、鸳鸯颈，由你水银渍②、朱砂斑③、翡翠青④。到春来小重楼策杖登，曲阑边把臂行，闲寻芳、闷选胜。到夏来追凉院、近水庭，碧纱厨、绿窗净，针穿珠、扇扑萤。到秋来入兰堂、开画屏,看银河、牛女星,伴添香、拜月亭。到冬来风加严、雪乍晴,摘疏梅、浸古瓶,欢寻常、乐余剩。那时节、趁心性,由他娇痴、尽他怒憎,善也偏宜、恶也相称。朝至暮不转我这眼睛,孜孜觑定,端的寒忘热、饥忘饱、冻忘冷。(同上)

① 麝兰:泛指香气。
② 水银渍:形容面部肤色洁白。
③ 朱砂斑:形容嘴唇朱砂一般红艳。
④ 翡翠青:形容眉毛之色像翡翠一样美丽。

憧憬中的一年四季都是那么美好。这一切美好都来自于身边这位可心人。人可心了,眼睛看出去的一切景色便也显得可心可意。春天踏青,夏天追凉,秋天赏月,冬天探梅,一手扶杖,一手挽着美人,这是何等赏心悦目的事呵!这幅画面中的温峤,与前一天还在那儿悲叹"酒醒梦觉无情况,好天良夜成疏旷,临风对月空惆怅"的他,真个是判若二人。温峤深知表妹爱耍小性子。就在刚才还让她抢白了好几句。但架不住温峤愿受呵!真所谓"周瑜打黄盖,一个愿打,一个愿挨"。因为在他看来,美人犯怒犯恶,也是美的。他会目不转睛地看她由喜转怒、由恶变善。在他眼里,这可是一道最绮丽的风景。他浑然忘我。

温太真高兴得太早了。他没想到新婚之夜倩英表妹会与他如此不谐。当鼓乐响过、赞礼唱诗罢,正是一对新人洞房花烛之时,新娘却不让他靠近,口口声声"这老子"、"这老子"的,还不直接跟他说话,让媒婆两面传话,说温峤是受过她拜师之礼的,意思是"一日为师,终生为父",如何能结为夫妻? 新娘还威胁他,若是靠近,就"抓了他那老脸皮",让他做不得人。新娘说罢,就自顾自地在正堂中睡下了。可怜温太真堂堂一个骠骑大将军,怀着兴冲冲的、做新郎入洞房的一颗热心,被冷落在一个角落。这时,他倒反而冷静下来,慢悠悠地隔着墙,对表妹一连唱下了五首曲子,他也不管表妹在听不在听,只顾自己把心里话一吐为快:

〔耍孩儿〕你少年心想念着风流配，我老则老争多的几岁？不知我心中常印着个不相宜，索将你百纵千随；你便不欢欣，我则满面儿相陪笑；你便要打骂，我也浑身都是喜。我把你看承的、看承的家宅土地①，本命神祇②。

〔四煞〕论长安富贵家，怕青春子弟稀，有多少千金娇艳为妻室③，这厮每黄昏鸾凤成双宿，清晓鸳鸯各自飞，那里有半点儿真实意？把你似粪堆般看待，泥土般抛掷。

〔三煞〕你攒着眉熬夜阑④，侧着耳听马嘶，闷心欲睡何曾睡。灯昏锦帐郎何在？香烬金炉人未归，渐渐的成憔悴。还不到一年半载，他可早两妇三妻。

〔二煞〕今日咱守定伊⑤，休道近前使唤丫鬟辈，便有瑶池仙子无心觑⑥，月殿嫦娥懒去窥。俺可也别无意，你道因甚的千般惧怕？也只为差一分年纪。

〔煞尾〕我都得知、都得知,你休执迷、休执迷,你若别寻的个年少轻狂婿,恐不似我这般十分敬重你。(第三折)

① 家宅土地:土地神是民间信仰中的地域保护神,所以有的大家宅也设有土地神偶像。

② 本命神祇:主管命运之神,亦即自己的性命。

③ 千金:旧时称人家的女儿,含有尊贵之意。

④ 夜阑:夜尽,更深。

⑤ 伊:这里是"你"的意思。

⑥ 瑶池:相传是西王母居住之地。

温峤一语中的,指出表妹今天的种种不谐表现,虽说讲了种种理由,其实思想根源就是一个:想嫁一个风流少年。温先生倒也是个坦率人,他承认两人"不相宜",但他说:就因为我心里常印着这个"不相宜",常觉得欠了你的,亏了你的,我才会对你分外的好呵!

接着,温峤又为表妹描绘了一个嫁少年郎的假设:

长安虽有少年郎,但更不缺"千金娇艳",那些个纨绔公孙、浪荡子弟,三妻四妾,倚红偎绿,新鲜感一过就把女人作粪土看待,哪管你夜夜闺怨、日日憔悴?而我,因为虚长了几岁,故而老成持重,反倒不会生有二心,即使有瑶池仙子、月宫嫦娥也不会受到诱惑。这样的"惧内",这样的做小伏低,为来为去都是因为"差一分年纪"。最后,他又作了一番"丈夫比较论"了结。

温太真倒也"老"言不惭!

新娘都听进去了没?不知道。剧本没有交代。反正在温峤絮絮叨叨之时,倩英没发一声。或许她睡着了?或许她在装睡?

本剧的题目是"王府尹水墨宴",正名才是"温太真玉镜台",可见表现"王府尹"举办"水墨宴"的第四折在全剧中有举足轻重的地位。是的。温太真夫妇最后的水乳和谐,靠的就是它。

那一日,王府尹召来一大批朋友,其中有温峤夫妇,请他们"吟诗作赋","有诗的,学士金钟饮酒,夫人插金凤钗,搽官定粉;无诗的,学士瓦盆里饮水,夫人头戴草

花,墨乌面皮"。这就是所谓的"水墨宴"。一听这样的
"游戏规则",刘倩英就急了,当众出洋相,自然不愿意,
她便再三关照温峤"着意吟诗",温峤见她焦虑的样子,知
道今天是个机会,听她依旧是一口一个"学士",就乘机让
她叫"丈夫",没想到她爽快地叫了!温峤闻唤,百感
交集:

〔豆叶黄〕你在黑阁落里欺你男儿①,今日
呵可不道指斥銮舆②。也有禁住你限时,降了
你乖处③。两个月方才唤了我个丈夫。虽不曾
彻胆欢娱④,汤着皮肤,刚听的这一声娇似莺
雏,早着我浑身麻木。(第四折)

① 黑阁落:黑角落,人看不到之处。
② 指斥銮舆:銮舆原指皇帝坐的车,后代指皇帝。"指斥銮
　舆"谓议论皇帝是非。
③ 乖处:乖戾,不和谐处。
④ 彻胆:大胆、尽情。

真是可怜天下老男人啊！要知道,这可是两个月来第一声啊！金口终于开了！虽然还只是个"口头"丈夫,尚未尝到做丈夫的真正滋味,但毕竟进了一步。温峤在心里感谢着王府尹,真所谓一物降一物,这么个任性的女子终于被降服了。

关汉卿写曲就是擅长用衬字。比如这首〔豆叶黄〕,按定格全曲九句,第七句唱时可叠上一叠,故共十句,句格是4,4。6,6。4,4。6,6(叠)。4,4。以此格律对照,便可知其中用有多少衬字。关汉卿曲总是显得分外流动、分外酣畅,跟他善用衬字绝对是分不开的。

温峤突然神气起来了。在少夫人一声声催促、一声声的告诫中,他洋洋自得地吹嘘道:

〔水仙子〕须闻得温峤不尘俗,明知道诗书饱满腹。那里是白头把你青春误？就嫌的我无地缝钻入去。少什么年少儿夫？这一个眼灌的白邓邓,那一个脸抹的黑突突,空恁般绿鬓何如？

现在知道我温峤了吧！不是个凡俗之人，而是位饱学之士。不就是头上多了几根白发嘛，就至于这样嫌弃我？眼面前倒是不缺"年少儿夫"，可他们都是些肚里空空的家伙，做不出诗来只好挨罚，自己瓦盆饮水，两眼灌得翻白，夫人墨乌面皮，脸庞涂得漆黑，空有一头"绿鬓"秀发有何用？

这支曲在艺术手法上的一大特点是：善用色彩词。那些个"绿"鬓少儿郎夫妇，两眼"白邓邓"，一脸"黑突突"；说自己虽然"白"头也不误你的"青"春。这些色彩词，有的对举，有的后级叠字，愈显得生动活泼、意味深长。在诗人中王安石是会用色彩词的。他的"一水护田将绿绕，两山排闼送青来"，他的"春风又绿江南岸"、"但寒烟衰草凝绿"，历来为人激赏。关汉卿在曲界是个多面手。这支〔水仙子〕里有王安石运用色彩词的影子。

温峤有意让倩英焦急、疑虑，再三再四，把这篇"文章"做足了，这才回过头去写诗。学士的诗才倒是不低。只一刻时辰，一首五言律诗已经做好，他朗朗吟道：

"不分君恩重,能怜玉镜台。花从仙禁出,酒自御厨来。设席劳京尹,题诗属上才。遂令鱼共水,由此得和谐。"难得的是他把眼前的一切都捏合进了诗里,谢了皇恩,谢了府尹设宴的厚意,吹嘘了自己,赞美了夫人,展望了他们的未来,这样小小一首诗里融进如许内容,真是尺幅千里之功!难怪王府尹要表扬他,夫人也一口答应"依随"他。

〔雁儿落〕你常好是吃赢不吃输,亏的我能说又能做。你只要应承了这一首诗,倒被我勒掯的情和睦①。

〔得胜令〕呀!兀的不是一字一金珠!煞强似当日吓蛮书②!你着宝钗簪云鬓,我着金杯饮酴醾③。山呼④,共谢得当今主;娇姝,早则不嫌我老丈夫。(同上)

① 勒掯:迫使。

② 煞强似:赛过。吓蛮书:据说李白曾起草过"吓蛮书"吓退

番兵,这里比喻温峤作诗吓坏了夫人。

③ 酴醿:美酒。

④ 山呼:山呼万岁之省文。

两首曲子,属"带过曲"。一连串的"你"、"我"对举,蕴含着今昔对比。"你"从来只肯赢不肯输的,今天输了;"你"应承一首诗便是应承这桩婚事;"我"哪里是只写了一首诗呵,简直是"一字一金珠"垒起了一片新天地!最关键的,是那个"娇姝"不再嫌"老丈夫"。

一部喜剧。一部典型的喜剧。喜剧的冲突与其说是"冲突"不如说是"碰撞"。那是一些无大碍的矛盾,公园游乐场里碰碰车似的相撞。老夫少妇,妇人心不顺遂,常常光火,老的遂怕少的。后来在一个偶然的机会看到这老人家的"内秀",两情这才相谐。这样的事例在日常生活中有,挺好玩的,便被用来做了喜剧的题材。

国人观赏"老夫少妇"、"丑夫美妇"类不般配夫妻的滑稽可笑,久有传统。唐代戏弄《踏谣娘》就是这样的一则歌舞小戏,可谓开了这一传统之先河;到了宋金杂剧院本年代,这传统被保持和发扬下来,虽宋金杂剧院本没有一个剧本留存下来,但我们通过一些文学作品可以略知它们的面貌。如元代初年杜仁杰的散曲套数《庄稼不识勾栏》,记述了当时勾栏里演出的两则小戏:"前截儿院本《调风月》,背后幺末敷演《刘耍和》",其《调风月》院本敷演的正是"老夫少妇"式的闹剧:"一个装做张太公,他改做小二哥。行行行说向城中过。见一个年少的妇女向帘儿下立,那老子用意铺谋待取做老婆。教小二哥相说合,但要的豆谷米麦,问甚布绢纱罗。""教太公往前挪不敢往后挪,抬左脚不敢抬右脚。翻来覆去由他一个。太公心下实焦躁,把一个皮棒槌则一下打做两半个。"一个老汉,名曰"太公",一定有些钱钞,是个庄园主地主之类。偶进城,见个年轻美貌的少妇就动了心,叫同行的小二哥做媒,化了不少"豆谷米麦"、"布绢纱罗"做聘礼,总算成功。待把她娶到家里,没想到少妇心不顺遂,对太公颐指气使,实在是任性得可以,太公先忍受着,后来实在忍无可忍,终于爆发,用皮棒槌打人,"打做两半个"。演到这里,坐在观众席上的那个"庄稼"人吓了一跳,以为天灵盖要被打破了,以为要"兴词告状"了,不料全场爆发了一片大笑。说明这则小戏滑稽可笑,很受欢迎。连受宋金杂剧院本影响颇多的日本古猿乐,也有这类喜剧段子。十一世纪藤原明衡写有《云州消息》,其中记有当时京都七条稻荷祭上演出猿乐的情况,他特别记了一个名为"衰翁美妇"的滑稽模拟戏,说一个扮作衰翁是丈夫,一个扮作美妇是妻子,先说"艳言","终及交接",即模拟男女做爱的场面。这类小戏,韩国现存在农村的许多假面剧中都有,笔者去年曾在韩国安东的"国际假面剧节"上领略过。看时联想起关汉卿的《调风月》和《玉镜台》,真是感慨万千。

《玉镜台》的语言也很值得称道。明代戏曲家孟称舜批评《玉镜台》曰:"俗语韵语,彻头彻尾,说得快性尽情,此汉卿不可及处。"读完全剧,我们能够感受到此评不谬。"俗语韵语"两者能结合得这么好,这么出入自如、游刃有余,确是关剧的难以企及处。

九、单刀会

  本剧全名《关大王独赴单刀会》，是关汉卿一部著名的三国戏。直至今日，昆剧、京剧和其他许多地方剧种，还都能在舞台上演出这个剧目。而且许多唱词还是关汉卿当年写下的原词。

  关羽关云长单刀赴会之事，史书上的记载非常简单："肃住益阳，与羽相拒。肃邀羽相见，各驻兵马百步上，但诸将军单刀俱会。肃因责数羽曰：'国家区区本以土地借卿家者，卿家军败远来，无以为资故也。今已得益州，既无奉还之意，但求三郡，又不从命。'语未竟，坐有一人曰：'夫土地者，惟德所在耳！何常之有？'肃厉声呵之，辞色甚切。羽操刀起，谓曰：'此自国家事，

是人何知!'目使之去。"(《三国志·吴书·鲁肃
传》)这就是后来民间和戏曲舞台上广为流传的"关大
王独赴单刀会"的故事本源。

自从关汉卿将这一故事搬上戏曲舞台后,时代稍后
的《全相三国志平话》已有"关公单刀会"的段子,更后
来的罗贯中《三国志通俗演义》第六十六回,也有"关云
长单刀赴会"内容,可以说,这两部小说均受有关剧的
影响。

关汉卿的《单刀会》是一部奇特的剧作。有人将它
归于历史剧,显然它并不符合历史的真实和历史剧的规
范。它与关汉卿的乃至整个元杂剧绝大多数其他剧作,
都很不一样。按一般通例,杂剧中正旦或正末总是扮演
主人公,正旦主唱的叫"旦本",正末主唱的叫"末本"。
可在《单刀会》中,正末第一折扮演乔公,第二折扮演司
马徽,直到篇章至半的第三、第四折,正末才改扮关羽出
场。第一、第二折主人公虽然没出场,但通过他人之口
已经充分渲染了关公叱咤风云的英雄气概,待铺演第三
折关公和关平、关兴等人分析形势、接受邀请,第四折关

羽与鲁肃发生正面冲突,就显得情节集中、人物凸现、气氛浓烈,而淋漓酣畅地塑造了汉末盖世英雄关羽的形象。

第一折的主人公是乔公。乔公名玄,是孙策、周瑜的丈人,所以他在东吴举足轻重。鲁肃在策划好了向关羽讨还荆州的三条妙计后,将乔公请来征求意见。一听鲁肃要索取荆州,乔公便连连摆手,道:"这荆州断然不可取!想关云长好生勇猛,你索荆州呵,他弟兄怎肯和你甘罢?"鲁肃说:"他弟兄虽多,兵微将寡",乔公就举了"博望烧屯"、"隔江斗智"、"赤壁鏖兵"三个战役,来说明刘备、关羽的蜀汉集团以少胜多、以弱胜强的战绩。后来,又说到了收西川(四川):

(末云)收西川一事,我说与你听。(鲁云)收西川一事,我不得知。你试说一遍。(末唱)

〔那吒令〕收西川白帝城,将周瑜来送了。汉江边张翼德,将尸骸来当着①。船头上鲁大夫,几乎间唬倒。你待将荆州地面来争,关云长听的闹,他可便乱下风雹②。(第一折)

① 当着：挡着。

② 乱下风雹：乱发脾气的样子。

　　作为东吴的旧臣，鲁肃怎么会不知道"博望烧屯"、"隔江斗智"、"赤壁鏖兵"？至于吴蜀的西川之战，鲁肃更是亲自参加的，他怎能"不得知"？

　　关汉卿这样安排，完全是戏剧表演上的需要，是为了用曲歌颂、表彰蜀汉集团的战无不胜。正因为鲁肃是参加的，所以有"船头上鲁大夫，几乎间唬倒"之句，这就更是一种调侃、一种揶揄，是关汉卿剧作一贯的游戏品格了。至此，乔公还主要在说蜀汉集团，还没有单独说关羽，曲词的最后一句已然是承上启下，突出关羽个人了，但说到的还主要是性格的暴躁。性格这般暴烈，动不动要"乱下风雹"的人，想必武艺一定高强。所以鲁肃这样问：

　　（鲁云）他便有甚本事？（末唱）

　　〔鹊踏枝〕他诛文丑逞粗躁，刺颜良显英

豪。他去那百万军中,他将那首级轻枭①。(鲁云)想赤壁之战,我与刘备有恩来。(末唱)那时间相看的是好,他可便喜孜孜笑里藏刀。(同上)

① 枭:斩,砍。

乔公提起了关羽最显赫的诛文丑、刺颜良。"轻枭"二字用得很形象,表明他在百万军中取上将首级,如掏囊中之物,其效果,与演义小说中"其酒尚温"的描写,异曲同工。"笑里藏刀"一般用作贬义,但这里,却无有贬义。而是与"单刀会"题目吻合,有一种"谈笑间,强虏灰飞烟灭"的意味。鲁肃言"小官不曾与此人相会,老相公,你细说关公威猛如何"?这就引出了乔公唱的下面一支名曲:

〔金盏儿〕他上阵处赤力力三绺美髯飘①,雄赳赳一丈虎躯摇,恰便似六丁神簇捧定一个活神道②。那敌军若是见了,唬的他七魄散、五魂消。(云)你若和他厮杀呵,(唱)你则索多披上几副甲,剩穿上几层袍③。便有百万军,当不住他不刺刺千里追风骑④;你便有千员将,闪不过明明偃月三停刀⑤。(同上)

① 赤力力:形容胡须飘动的神态。
② 六丁神:道教神灵,火神。
③ 剩:多。
④ 不刺刺:形容战马疾驰时的声响。
⑤ 偃月三停刀:半月形的长柄刀。三停,刀身占整把刀的三分之一。

〔金盏儿〕一曲简直把关羽的形象描活了!关公外形上最引人注目的是胡须,有"美髯公"之称,"三绺"写其量,"赤力力"写其声,"飘"活画出它的动态。次句写身材,"雄赳赳"写其势,"一丈"写其高,"虎躯"写其形,"摇"又活画出了一种动态。且除了"他上阵处"作四字领之外,两句对偶得十分工整。后面几句就是侧面烘托了:在将士中像众星捧月一般,在敌军面前势不可挡,除了有三绺美髯飘、一丈虎躯摇,他还有"千里追风骑"和"偃月三停刀",英雄配利器,自身条件加外部条件,关公如何不如虎添翼呢?

鲁肃在乔公这里碰了一鼻子灰,不甘心,又到司马徽处去打探关公的"酒中德性"如何。司马徽听得鲁肃要请他赴宴,开头客气了几句便高兴地答应了,后听说他的老朋友关云长也要来,就连连摇手,说:"若有关公,贫道风疾举发,去不的!去不的!"鲁肃说,我请你赴宴是因为你与关公有交情,好帮助我劝劝酒,"先生初闻鲁肃相邀,慨然许诺;今知有关公,力辞不往,是何故也?"司马徽悠悠答道:

〔滚绣球〕大夫你着我筵前劝几瓯,那汉劣性怎肯道折了半筹?(鲁云)将酒央人,终无恶意。(末唱)你便休题安排着酒肉,他怒时节目前见鲜血交流。你为汉上九座州,我为筵前一醉酒,(云)大夫,你和贫道,(唱)咱两个都落不的完全尸首。(鲁云)先生是客,怕做甚么?(末唱)我做伴客的少不的和你同病同忧。(鲁云)我有三条计取索荆州。(末唱)只为你千年勋业三条计,我可甚一醉能消万古愁,题起来魂魄悠悠。(第二折)

司马徽深知鲁肃摆的是"鸿门宴",其目的是"为汉上九座州",而他只想"筵前一醉酒",两个人的目的大相径庭。司马先生怕字当头,他怕关公一怒起来眼前必然"鲜血交流",他和鲁肃便"都落不的完全尸首"了!

鲁肃照例提到他的三条妙计,司马徽竟针锋相对提出三点要求,他若是要他出席的话,鲁肃必须做到:第一要对关公"躬身问候",第二要"跪着劝酒",第三要不提荆州。而第三点"最要紧":

〔滚绣球〕他尊前有一句言,筵前带二分酒,他酒性躁不中撩斗①,你则绽口儿休题着索取荆州②。(鲁云)我便索荆州有何妨?(末云)他听的你索荆州呵,(唱)他圆睁开丹凤眸,轻舒出捉将手;他将那卧蚕眉紧皱,五云山烈火难收③。他若是玉山低趄你安排着走;他若是宝剑离匣准备着头。枉送了你那八十一座军州!(同上)

① 不中撩斗:经不起撩拨。

② 绽口:开口。

③ 五云山:这里指关羽的脸庞。

鲁肃一听,啼笑皆非:若不是为了讨取荆州,他干吗要兴师动众大摆宴席啊?一边,司马徽还在滔滔不绝地说着,从关羽说到蜀汉集团,刘备的德行仁慈,诸葛亮的"剑弹鬼神愁",赵子龙的"胆大如斗",等等。听得鲁肃本人也"怕上来了"。但讨取荆州是孙权交给的任务,三条计策已经订好,他也只好硬着头皮上了。

千呼万唤始出来。美人如此,英雄也如此。关羽未出场时,已是先声夺人;一俟出场,更是光辉照人。他一上来就有一段独白和四支曲,从楚汉争霸说到三国鼎立,从桃园结义说到独守荆襄。寥寥数曲,已将二十年的战和分合概括,流露出壮志未酬誓不休的雄心。关羽是名武将,但不只是一介武夫,他心怀国事,关心国运,忧国忧民,壮怀激烈。这正是关羽和张飞的不同处,也是关羽何以如此深得人心的关键。

有黄文者,来送请书。关公接书一看,毫不犹豫就想赴会,对身边两个儿子说:"孩儿,鲁子敬请我赴单刀会,走一遭去。"关平立即劝阻,认为"宴无好会",其实关羽如何不知? 他明明知道鲁肃安排下的是"天罗地网",是"杀人的战场",而不是"待客的筵席",他也要毅然前往。关平又劝道:"那鲁子敬是个足智多谋的人,他又兵多将广,人强马壮",关羽以歌代言,答道:

〔上小楼〕你道他"兵多将广,人强马壮",大丈夫敢勇当先,一人拼命,万夫难当。(平云)许来大江面,俺接应的人,可怎生接应? (正唱)你道是隔着江起战场,急难亲傍;我着那厮鞠躬、鞠躬送我到船上。(第三折)

　　关羽的自信真是非同小可。他要以看赛会的轻松心情赴会,他要"那厮鞠躬、鞠躬送我到船上",这里的"鞠躬"重叠一次,让我们仿佛看见鲁肃他们鞠躬如捣蒜的模样。事实正如关羽预测的那样,对方最终是恭恭敬敬地送关公上船。这一切,皆因他身上有一种光明正大的磊落精神和气贯长虹的浩然正气。关云长"近身不得"主要还不是他的武艺,而是那种逼人的气势。

　　关平不放心,还在一边劝说,道鲁肃"他那里雄赳赳排着战场",关公针锋相对答道:

　　〔剔银灯〕折莫他雄赳赳排着战场,威凛凛兵屯虎帐,大将军智在孙、吴上①,马如龙、人似金刚;不是我十分强②,硬主张,但题起厮杀呵磨拳擦掌,排戈甲、列旗枪,各分战场。我是三国英雄汉云长,端的是豪气有三千丈。(同上)

① 孙、吴:指春秋时的孙武、吴起。
② 强:即"犟",倔强,执拗。

这是一首脍炙人口的名曲。关羽自抒豪情,比旁人对他的叙述描绘、形容赞美更进一层。东吴的强大是客观存在,他们"雄赳赳排着战场,威凛凛兵屯虎帐",他们也确实有智有勇,比孙武、吴起有过之而无不及。但曲前的"折莫(尽管)"二字,把这一切都笼盖了,"马如龙、人似金刚"全不在话下。强敌并不可怕,关键是有没有压倒强大敌人的气概。于此,我们看到在刚才的层层铺垫烘托下,这回一个光辉灿烂的关公形象,自己径直地走到了台前。

第四折。关汉卿的第四折每每是高潮。本剧亦然。这一折正面描写关羽和鲁肃的冲突。

剧一开始,以大江为背景,抒发了凭今吊古的慷慨。

〔双调新水令〕大江东去浪千叠①,引着这数十人驾着这小舟一叶。又不比九重龙凤阙②,可正是千丈虎狼穴。大丈夫心烈③,我觑这单刀会似赛村社④。

〔驻马听〕水涌山叠,年少周郎何处也? 不觉的灰飞烟灭,可怜黄盖转伤嗟。破曹的樯橹一时绝⑤,鏖兵的江水由然热⑥,好教我情惨切!(云)这也不是江水,(唱)二十年流不尽的英雄血!(第四折)

① 大江东去浪千叠:苏轼《念奴娇·赤壁怀古》词有"大江东去,浪淘尽、千古风流人物"句。

② 九重龙凤阙:指皇宫。

③ 烈:《元曲选》本作"别",今据涵芬楼藏《孤本元明杂剧》本改。

④ 赛村社:民间春社秋社时每每举行演艺比赛,名"赛社"。

⑤ 樯橹:樯,船上桅杆,橹,撑船工具,樯橹连用,借指船只。苏轼《念奴娇·赤壁怀古》词中又有"樯橹灰飞烟灭"句。

⑥ 由然:犹然。

　　显然,〔新水令〕首句化用的是苏轼《念奴娇·赤壁怀古》之"大江东去,浪淘尽,千古风流人物"。两者一样的大气磅礴,一样的慷慨苍劲。眼前的大江之水是这样的滚滚滔滔,一泻千里。人在这大自然面前,渺小得就像一叶小舟飘荡在浩浩大江上。这一直向东永不回头的江水,不就是人类历史么? 人在历史中的作为,不也只是"一瞬"么? 然而这一瞬亦是永存,就像这眼前的"单刀会"。人类历史,不正是无数个"单刀会"组接成的么? 正如这一叶小舟虽是渺小,但它在浩浩大江上毫无惧色,腾挪跌宕,显示出何等的活力! 关羽知道自己前去参加的"九重龙凤阙"非皇家宴会,而是"千丈虎狼穴"。但他"明知山有虎,偏向虎山行"。不入虎穴,焉得虎子,刀会在关公眼里只是个赛村社会。

〔驻马听〕曲依旧从江水写起。俯瞰:水涌;仰视:山叠。山水相竞不相让,所以会"水涌山叠"。当年周瑜和黄盖定下"苦肉计",把曹军将士烧得屁滚尿流,曹操只好惨败返北。而今这江水犹热,但年少周郎、可怜黄盖今又安在? 皆已不知不觉"灰飞烟灭"了! 想到此,关羽不禁伤感起来,"好教我情惨切",已全然不是站在自我营垒发出的感慨了,而是一种英雄惜英雄历史沧桑感。由此推出"(云)这也不是江水,(唱)二十年流不尽的英雄血!"先白后唱,以铿锵有力的诗的语言,把关羽豪迈英武的怀抱和盘托出,也把整个曲子引向一个最高的音域和境界。明代沈德符《顾曲杂言》总评《关大王单刀会》曰:"不特命词之高秀,而意象悲壮,自足笼盖一时",词既高秀,意象又悲壮,确是的评。清代王季烈《孤本元明杂剧提要·单刀会》则专门评论〔新水令〕、〔驻马听〕二曲云:"感慨苍凉,洵为绝唱,而'是二十年流不尽的英雄血'一句,尤为神来之笔。"更是激赞。

在各剧种中,昆曲《刀会》与关汉卿原作曲辞最为接近。我们不妨引两曲在这里聊作参照:

〔新水令〕大江东去浪千叠,趁西风驾着这小舟一叶。才离了九重龙凤阙,早来探千丈虎狼穴。大丈夫心烈,大丈夫心烈,我觑着单刀会恰似赛村社。

〔驻马听〕依旧的水涌山叠,依旧的水涌山叠,好一个年少的周郎,怎在何处也?不觉的灰飞烟灭,可怜黄盖暗伤嗟。破曹樯橹,恰又早一时绝。只这鏖兵江水由然热,好教俺情惨切!水声。(周仓)哇呀,好水吓!好水。(关羽)周仓!(周仓)有!
(关羽)这也不是江水,(唱)这是那二十年流不尽的
英雄血!

这就是在原曲的基础上略作了一点修改,如"大丈
夫心烈"、"依旧的水涌山叠"的重叠,"依旧的"三字也
是新加进去的衬字。最后一句又有与周仓的对话,使曲
子更加宽畅流荡。人们向来视昆曲为软性艺术,不想它
也有如此刚劲豪放的一面。

最近,为庆祝昆剧被联合国教科文组织评为"人类
口头和非物质文化遗产代表作",在上海大剧院,上海
昆剧团作了一次公演,开场戏就是这《刀会》。听着这
激昂慷慨的曲唱,想着一千八百余年前的关羽、九百年
前的关汉卿,怎不令人感慨系之!

经过关羽面对江景抒豪情寄壮志这么一延宕,剧情
才进入"单刀会"——关羽舍舟登岸,与鲁肃相见,矛盾
冲突正式揭开。

鲁肃当然不会笨到"直奔主题"的地步,先敬酒,再
叙友情,一一罗列关公的仁义礼智,然后才小心翼翼地

提到："将军……惜乎止少个信字。"具体的,就表现在多年前借的荆州城至今还没有归还。他颇用了一些外交辞令,道："今日鲁肃低情曲意,暂取荆州,以为救民之急;待仓廪丰盈,然后再献与将军掌领。"话说得滴水不漏,且十分的客气。听了这番话,关羽一针见血道："你请我吃宴席来哪?是索荆州来?"鲁肃听了竟缩了回去："没、没、没,我则这般道。孙、刘结亲,以为唇齿,两国正好和谐。"关羽借着这话题,连珠炮似的把鲁肃教训了一番:

〔庆东原〕你把我真心儿待,将筵宴设,你这般攀今览古,分甚枝叶①?我根前使不着你"之乎者也"②、"诗云子曰",早该豁口截舌!有意说孙、刘,你休目下番成吴、越③!（同上）

① 枝叶:树枝树叶关系密切,喻吴蜀两国关系,"分甚枝叶"犹言"分什么你我"。

② 根前:跟前。

③ 吴、越：春秋时吴、越两国为世敌，后被用来比喻仇敌关系。

你若是真心设宴请我，就不要这般说古论今、之乎者也，就不要这样远兜远转、诗云子曰。现如今孙、刘两家的关系好着呢，可不要因了这场宴会而当下撕开面皮！

两人交手，亦即两国交手，第一个回合就胜败自见，鲁肃拖泥带水，关羽理直气壮，鲁肃又想讨还荆州又不想得罪人，他补充说的那几句好话正好给关羽抓住了把柄，形势翻转，鲁肃反倒居于弱势。

鲁肃当然不服当然不甘，他批评关羽"傲物轻信"，把当年的借城事又絮絮叨叨讲了一遍，这回关羽不跟他在道理里兜圈了了，径直说："鲁子敬，你听的这剑戛么？""我这剑戛，头一遭诛了文丑，第二遭斩了蔡阳，鲁肃呵，莫不第三遭到你也？"吓得鲁肃又连说了几个"没"："没、没，我则这般道来。"关羽问："这荆州是谁的？"鲁肃大声答："这荆州是俺的"，引出了关公下面一曲：

〔沉醉东风〕想着俺汉高皇图王霸业，汉光

武秉正除邪,汉献帝将董卓诛,汉皇叔把温侯
灭①,俺哥哥合情受汉家基业。则你这东吴国
的孙权,和俺刘家却是甚枝叶②?请你个不克
己先生自说!(同上)

① 温侯:指吕布,其曾进封温侯。
② 枝叶:这里的"枝叶"是"关系"之意。

这段话句句批驳鲁肃的"俺的",一句一个"汉"字,
历历如贯珠,把汉家三百年的基业列数了一遍,目的在
于:使东吴讨还荆州的要求成为无理要求。关公的大
道理一摆上台面,鲁肃刚才讲的那么多全成上不了台面
的小道理了。关羽一面讲政治道理,一面不失时机地加
以武力威胁:"这剑戛二次也":

〔雁儿落〕则为你三寸不烂舌,恼犯我三尺
无情铁①。这剑饥餐上将头,渴饮仇人血。
〔得胜令〕则是条龙向鞘中蛰②,虎在坐间

趄③。今日故友每才相见,休着俺弟兄每相间别④。鲁子敬听者,你心内休乔怯⑤,畅好是随邪⑥,吾当酒醉也。(同上)

① 三尺无情铁:指手中正戛戛作响的剑。

② 蛰:藏。

③ 趄:伏、躲。

④ 相间别:互相间有隙。

⑤ 乔怯:假装害怕。

⑥ 随邪:不正经。

　　关羽的意思是自己并不想动武,可是腰间的"三尺无情铁"恼怒了,饥渴了,跃跃欲试了。那可是藏在鞘中的龙、伏在坐间的虎。关公又将鲁肃警告了一通,说自己已经醉了。至此,在关、鲁智斗的第二个回合中,又得关羽获得胜利。鲁肃一听他说出"醉"字,知道关公可能要告辞,机不可失,时不再来,他先礼后兵,欲执行第二套方案。一个暗号,上来一个"臧宫",嘴里念念有词,从五星到五岳,从五德到五音,念到"五音者,宫、商、角、徵、羽"的"羽"字,有甲士拥上,关公一看就不对,宝剑击案,直截了当问鲁肃道:"有埋伏也无埋伏?"鲁答:"并无埋伏。"关云:"若有埋伏,有剑挥之两段!"鲁说:"你击碎菱花。"关答:"我特来破镜!"关公一语双关,既表明斩断与东吴的联盟,又威胁要"破"鲁肃这个"镜"(敬)。

　　〔搅筝琶〕却怎生闹吵吵军兵列,休把我当拦者!(云)当着我的,呵呵!(唱)我着他剑下身亡,目前流血。便有那张仪口、蒯通舌①,休那里躲闪藏遮。好生的送我到船上者,我和你慢慢的相别。(同上)

① 张仪口、蒯通舌:张仪,战国时魏人,曾游说六国以连横事秦;蒯通,谋士,韩信曾用其计平定齐地。两人均是中国历史上著名的说客、辩士。

可以想象这里的表演,一定是关公揪住鲁肃,把他当做人质,嘴里说"好生的送我到船上者,我和你慢慢的相别",主动权完全掌握在关公手里,连鲁肃的生死存亡都取决于关公了。关羽反客为主,反不利为有利,取得了第三回合的胜利。

这一段落在《全相三国志平话》中是这样表现的:

> 茶饭进酒,令军奏乐,承应其笛声不响三次,大夫高叫言:"宫、商、角、徵、羽",又言:"羽不鸣!"一连三次。关公大怒,捽住鲁肃。关公言曰:"贼将无事作宴,名曰单刀会,令军人奏乐不鸣,尔言羽不鸣,今日交镜先破。"鲁肃伏地言道:"不敢。"关公免其性命,上马归荆州。

平话肯定受有关剧的影响又有所发展,如鲁肃大叫"羽不鸣"处显得更为紧张。但平话显得一味的剑拔弩张,不如关剧调侃揶揄,平话将杂剧中的幽默感丢失了,诚为可惜。

关公牢牢拽着鲁肃的手,直将他拉到岸边。这时关平他们的接应船正好靠岸,关公这才缓缓地松开手去,顺势高高举起,频频挥动,以示惜别。舟船渐渐远去,关公环顾四周,嘴角浮起了胜利者的微笑:

〔离亭宴带歇指煞〕我则见紫袍银带公人列,晚天凉风冷芦花谢,我心中喜悦。昏惨惨晚霞收,冷飕飕江风起,急飐飐帆招惹①。承管待、承管待,多承谢、多承谢。唤梢公慢者,缆解开岸边龙,船分开波中浪,棹搅碎江心月。正欢娱有甚进退,且谈笑分明夜。说与你两件事先生记者:百忙里趁不了老兄心②,急且里倒不了俺汉家节③。(同上)

① 急飐飐:帆船顺风疾行貌。

② 趁:同"称"。

③ 急且里:急切里。汉家节:可理解为"汉族人气节",亦可理解为"汉朝政权"。

胜利返航,还不忘一路上看着景回去。江岸上"紫袍银带公人列"明知都是些欲害他的人,现在,不妨把他们看作送行的队伍吧!芦花、晚霞、江风、急帆,都是关公轻松喜悦心情的衬托,悠然自得,还告诚梢公慢慢解缆,好欣赏棹点船动、被搅碎的江心之月。波分船开之际,尚不忘向东吴的老兄们致谢致歉:承管待,多承谢,"百忙里趁不了老兄心,急且里倒不了俺汉家节",只好对不起了! 多有得罪了! ——这关云长,还挺幽默!

最后,让我们重新打量本文开头提出的问题。《单刀会》是一出奇特的剧作,有人将它归属于"历史剧";有人在提法上作了点修正,提出"历史演义剧",较为符合实际;有人称它为"诗剧",也颇能反映它的面貌。但这三种提法,都还是传统思维、传统研究模式的产物。近年,有一种提法值得我们格外关注:《单刀会》是一部"祭祀剧"。

所谓祭祀剧,是指那些演出于宗教性节日社火、作为祭祀活动的一个组成部分,或作为祭祀活动的余兴节目的戏剧。我们看到,在中国广大民间,关羽信仰崇拜是头等重要、非常普遍的。关羽这一历史人物的被神化、关羽崇拜的形成,正是从宋元时代开始的。这之后,关羽崇拜和关羽戏相辅相成、互相推进,终于达到登峰造极的地步。关羽首先被作为"战神"崇拜,后来依次生发为"护国神"、"雨神"、"驱邪神"、"财神"等等。在准备战争、保家卫国、求雨祈丰、过年过节、办厂开店等场合,都会演出关羽戏。在一组戏剧表演中,关羽戏也每每成为"开场戏"用作驱邪净场(上昆最近在大剧院献演中,《刀会》依然是开场戏)。更不用说每年关羽生日(农历五月十三日)那天的活动了——有的地方称作"关公诞"。关羽终于成为仅次于孔子的崇拜对象,全国各地关帝庙的数量也仅次于文庙。至今留存在全国各地的祭祀戏剧傩戏里,关羽戏的段子也多得不计其数。由此可见,把《单刀会》看成祭祀剧是能够成立的,而且有助于在更广阔的文化背景下研究《单刀会》。

明代王稚登《吴社篇》云:"凡神所栖舍,具威仪箫鼓杂剧迎之,曰会。优伶伎乐、粉墨绮缟、角抵鱼龙之

属,缤纷陆离,靡不毕陈。"他列举的杂剧剧目中就有
《单刀会》(见《关汉卿研究资料》第41页)。这段史料
是能够支持我们观点的。以杂剧表演迎神、送神、娱神
乐神,祭祀神灵,这也是各地傩戏的主旨。同时,我们从
此剧的内涵看,确也有不少祭祀剧品格。前两折关羽的
未出场,由旁人吹捧礼赞,反复渲染呼唤,"神灵"这才
显灵下凡,这本身就是祭祀的程序——相当于"迎神";
第二折,鲁肃动员司马徽作陪,相当于神庙祭祀中的
"配祀",配祀也要有资格的,司马徽自忖不够格,所以
力辞。

　　这里,再让我们以日本能乐作为参照来反观本剧。
能乐是日本国剧之一种,最近也被联合国教科文组织评
为"口头和非物质文化遗产"之一。能乐在内容上是祭
祀剧、在形式上是假面剧。能乐采用两段式结构,上半
部分"主角"(相当于《单刀会》里的正末)每每扮演行
脚僧或其他旅人,而不是剧中主人公,他来到某地某遗
址或某胜迹,参拜某亡灵或某神圣,在反复念诵礼赞的
歌颂下,那亡灵或神圣忽然显灵,将他生前(或最灵验

时期)的成就、奇迹,载歌载舞地表演出来,又在众信徒的吟颂声中或戛然而止或缓缓消失……因为能乐在内容上是祭祀剧,故几乎都以人名为剧名,其"中国物(中国题材)"的代表作有:《西王母》、《东方朔》、《钟馗》、《张良》、《项羽》、《昭君》、《杨贵妃》等,都是在日本民间广泛传诵崇拜、带点神性的人物形象。这样的两段式结构——包括表现内容的"内结构"和表现形式的"外结构",与《单刀会》何其相似乃尔!《单刀会》之结构与中国戏曲绝大部分剧作不同,却与日本的祭祀戏剧能乐有异曲同工之妙,这实在是一个令人兴趣盎然、值得好好研究的题目。

十、谢天香

    《谢天香》杂剧,全名《钱大尹智宠谢天香》,是关汉卿一部以妓女为主人公的"旦本"剧。剧情梗概是这样的:书生柳永与"上厅行首"谢天香相爱,柳因要上京赶考,把谢天香托给同堂故友钱可钱府尹照看。柳永被钱可批评为"重色轻君子",含忿启程,临行作词一首,调寄《定风波》。钱大尹让谢天香唱这首词,她唱到"芳心事事可可"时巧妙地改为"已已",因为"可可"犯了钱可的名讳,而且机智地将全词的"歌戈"韵改成"齐微"韵一唱到底。钱为她的聪明折服,并从柳词谢歌中感受到两人的深情,决定成全他们。为谢除了乐籍,收入家门,扬言要娶她为"小夫人",却又一放三年不理不睬。三年后，柳永中了状元回来，钱可请他赴宴，两个相爱之人久别重逢，但又误会重重，可望不可及，对钱可心怀深恨，直至钱可把他这样做的原委和盘托出，两人才尽释前疑，同声致谢，结为恩爱夫妻。今存《古名家杂剧》本和《元曲选》本，兹用后者。

本剧以"谢天香"人名为剧名，主人公是谢天香，塑造得最为成功的也是谢天香。表面上看，本剧似是一部"妓女剧"，历来也是这样被归类的；笔者认为，其实关汉卿花大力气为我们成功塑造的，却是一个才女。《红楼梦》开卷伊始这样说："今风尘碌碌，一事无成，忽念及当日所有之女子，一一细考校去，觉其行止见识，皆出于我之上。""我之罪故不免，然闺阁中本自历历有人，万不可因我之不肖，自护己短，一并使其泯灭也。"这段话，直可借用来说明关汉卿《谢天香》之作意。

才女不光出在"闺阁"，还出在风尘。关汉卿本人就交往过不少才女，特别是朱帘秀，技艺精湛，能词擅曲，令汉卿衷心钦佩、衷心爱悦。所以后人论说关汉卿，认为他在写作"聪明绝伦而身世不堪的妓女"杂剧时，是"从朱帘秀等优秀女艺人身上找到原型、汲取素材"的（王季思《元散曲选注》第 45 页）。或许《谢天香》正是关汉卿为朱帘秀量体打造的也未可知。

关汉卿女性主义文学立场是一贯的。

王国维先生曾这样评关汉卿："以唐诗喻之，则汉卿似白乐天""以宋词喻之，则汉卿似柳耆卿"，而关汉卿则用剧笔塑造了一个柳耆卿。这也是他们的缘分。

本剧四折一楔子。楔子部分，男女主人公一出场，就处于离愁别恨之中。柳永的上场诗这样说："本图平步上青云，直为红颜滞此身；老天生我多才思，风月场中肯让人？"这就把他身处的两难境地表现了出来：既想平步青云，又舍不得"红颜"。两人正"执手相看泪眼"，有乐探执事张千来，让天香准备前去迎接新上任的钱大尹钱可。柳永一听原来是自己的同堂故友，就打算第二天去拜访钱可，拜托他照看谢天香。天香唱道：

〔仙吕赏花时〕则这一曲翻成和泪篇，最苦偏高离恨天①，双泪落尊前。山长水远，愁见理

行轩②。(楔子)

① 离恨天:佛教中说"离恨天"为三十三天最高层,戏曲中常喻男女离别或长期不得团聚之境况。

② 行轩:泛指远行的车。轩,古时大夫以上官员乘坐的轻便车,这里是车的通称。

谢天香是个歌女,曾经唱过多少曲子,今儿个这支曲,却是支"和泪篇",且是"翻成"的"和泪篇"。开口唱时,还想努力支撑着不要落下泪来;没曾想饯别酒一杯在手,举起它来,禁不住"双泪落尊前"了!"离恨天"最高,离恨最苦。此去经年,山长水远,一想到此,天香就像"长亭送别"中的崔莺莺一样,"见安排着车儿马儿不由人熬熬煎煎的气"了!

第二天,谢天香与众妓们等着参见开封府钱大尹。天香告诫姐妹们小心在意,正在这时,鸟笼里的一只鹦哥念起诗来,众姐妹惊喜地告与天香知道,天香却因此引出了一番感慨,不由得伤感起来:

（众旦云）姐姐,你看笼儿中鹦哥念诗哩。（旦云）这便是你我的比喻。（唱）

〔油葫芦〕你道是金笼内鹦哥能念诗,这便是咱家的好比似①。原来越聪明越不得出笼时,能吹弹好比人每日常看伺,惯歌讴好比人每日常差使。（云）我不怨别人。（众旦云）姐姐,你怨谁?（旦云）咱会弹唱的,日日官身;不会弹唱的,倒得些自在。（唱）我怨那礼案里几个令史,他每都是我掌命司②,先将那等不会弹不会唱的除了名字,早知道则做个哑猱儿③。（第一折）

① 比似:比拟,比喻。

② 掌命司:意为掌握自己命运的人。

③ 猱儿:妓女,女优。亦作"猱"。

《红楼梦》第三十六回,贾蔷买了只雀儿笼子给龄官玩,笼子里有戏台,雀儿会衔鬼脸旗帜,众女优都笑道"有趣",独龄官冷笑道:"你们家把好好的人弄了来,关在这牢坑里学这个劳什子还不算，你这会子又弄个雀儿来，有也偏生弄这个。你分明是弄了他来打趣形容我们，还问我好不好。"歌女戏子的敏感，可见一斑。

这里的谢天香，直与龄官一般。她觉得自己身处牢笼，每日看待，每日差使，"越聪明越不得出笼时"，她倒是羡慕起不会弹不会唱的姐妹来，她们还有希望被除了名逃出牢笼。这首曲子夹歌夹白，一唱众云，很有气氛。曲词写得明白如话，与夹白浑然一体，难分彼此，用的是比喻之法，却又是直抒胸臆。

柳永前去拜见钱可，托钱可在自己赴考期间照看谢天香，钱回答了一句"敬重看待，恕不远送"，谢天香觉得他话里有话，便按照自己的理解分析给他听：

〔金盏儿〕你拿起笔作文词，衡才调无瑕疵①，这一场无分晓、不裁思②。他道"敬重看待"，自有几桩儿：看则看你那钓鳌入韵赋③，待则待你那折桂五言诗④，敬则敬你那十年辛苦志，重则重你那一举状元时。(同上)

① 衠：真，纯。

② 裁思：思考，裁断。

③ 钓鳌：《列子·汤问》里的神话，讲龙伯国人钓过大龟（鳌），古人即以此喻功名成就。

④ 折桂：古人以到月宫折桂（贵）枝比喻科举及第。

你拿起笔来写词作文显得聪明，但在猜测钱大人话中之意上却不大在行，他的“敬重看待”并不是说他会对我“敬重看待”，而要将四字分开理解：他“看”、“待”的是你参加科考的诗文写得如何，他“敬”、“重”的是你十年面壁，一朝腾飞。

谢天香“解”得这么复杂，柳永颇不以为然：

（柳云）大姐，你也忒心多[1]。怕你放不下，我再过去。（正旦云）耆卿，休去。（柳云）不妨事，哥哥看待较别哩[2]。（见张千科，云）张大哥，你再过去，说杭州柳永又来，有说的话。（张千云）你还不曾去哩？这遭敢不中么？（柳云）不妨事。（张千报科，云）杭州柳永又来有话说。（钱大尹云）着他过来。（见科，钱大尹云）耆卿，有

何说话?(柳云)哥哥,好觑谢氏③。(钱大尹做怒科,
云)耆卿,你种的桃花放,砍的竹竿折。(柳云)多谢了哥
哥。(出见旦,云)我说了也。(正旦云)相公说什么来?
(柳云)相公说:"种的桃花放,砍的竹竿折。"(正旦唱)

〔醉扶归〕你陡恁的无才思④,有甚省不的
两桩儿?我道这相公不是漫词⑤,你怎么不了
解其中意?他道是种桃花砍折竹枝⑥,则说你
重色轻君子。(同上)

① 忒:太。

② 别:特殊,不同。

③ 好觑:好好看待。

④ 陡恁的:忽然如此。

⑤ 漫词:随便之言。

⑥ 种桃花砍折竹枝:意谓"重色轻君子",因为古人以桃花比
   女子,以竹比君子。

　　本剧的柳永,是一个迂腐的书呆子,优柔寡断,有点

娘娘腔,看来关汉卿是把他作为才女谢天香的对照塑造
的。他只会一遍遍地去跟钱可说"好靓谢氏",说得钱
可烦了,对他一次比一次不客气,对他的批评一次比一
次露骨,第四次时已经说出"种的桃花放,砍的竹竿折"
话来,但他还没有领会,而天香早已是解得那言外之意
了。第五次,钱可忍无可忍,大发雷霆,大骂了柳永,说
他"嘉言善行,略无一语,止为一匪妓,往复数次",他气
吁吁地拂袖而去。柳永这时,反倒下了走的决心。他赠
予天香《定风波》词一首:

> 自春来惨绿愁红,芳心事事可可。日上花梢,
> 莺喧柳带,犹压香衾卧。暖酥消,腻云鬟,终日恹恹
> 倦梳裹。无奈,想薄情一去,音书无个。　　早知
> 恁么,悔当初不把雕鞍锁。向鸡窗收拾、蛮笺象管,
> 拘束教吟和。镇日相随莫抛躲,针线拈来共伊坐。
> 和我,免使年少光阴虚过。

天香料定,"此去经年,应是良辰好景虚设",在没
有柳郎的日子里,她的身心都会很苦:

〔赚煞〕我这府里祇候几曾闲①,差拨无铨次②,从今后无倒断嗟呀怨咨③。我去这触热也似官人行将礼数使④,若是轻咳嗽便有官司。我直到揭席时来到家时⑤,我又索趱下些工夫忆念尔。是我那清歌皓齿,是我那言谈情思,是我那湿浸浸舞困袖梢儿。(同上)

① 祇候:伺候,应酬。

② 铨次:次序,规矩。

③ 嗟呀怨咨:唉声叹气。

④ 触热:挨烫,意为沾不得。

⑤ 揭席:散席。

可怜的歌妓!原来过的也是这等"伴君如伴虎"的日子!忙忙地这府进那宅出的,应酬不断,招之即来,来之能歌,歌唱时就是轻轻咳嗽一声也犯忌,也是罪名。到了夜深人静散席回家,困乏的我还要"趱下些工夫"想念你。这句曲词写得好。似乎在说:不是我爱这么做,是被迫这么做的,不得已这么做的,困得这样,还睡不着,还要想你,反衬出对你的思念之情有多深。

本曲的最后三句更妙。均以"是我那"起头,看似突兀,看似含糊,其美妙处正在含糊处。"是我那清歌皓齿,是我那言谈情思,是我那湿浸浸舞困袖梢儿"害得我处身于动辄得咎的境地;若问我哪儿想念你,"是我那清歌皓齿,是我那言谈情思,是我那湿浸浸舞困袖梢儿",真是"才下眉头,又上心头"呵!

第二折,钱大尹召唤谢天香,当时叫"唤官身"。天香刚道得声"上厅行首谢天香谨参",钱大人便问道:"则你是柳耆卿心上的谢天香么?"天香立即听出了话里的嘲讽意味,并立即明白那是柳郎的那首《定风波》惹的事,像当年苏东坡一首词得罪王安石一样:

〔贺新郎〕呀想东坡一曲《满庭芳》[①],则道一个"香霭雕盘"[②],可又早祸从天降! 当时嘲拨无拦当[③],乞相公宽洪海量[④],怎不的仔细参详[⑤]?(钱大尹云)怎么在我行打关节那[⑥]?(正旦

唱)小人便关节煞,怎生勾除籍不做娼⑦,弃贱
得为良。他则是一时间带酒闲支谎⑧,量妾身
本开封府阶下承应辈,怎做的柳耆卿心头上谢
天香?(第二折)

① 东坡一曲《满庭芳》:东坡,苏轼。《满庭芳》,词牌名。据
   说苏轼曾因写作了一首《满庭芳》得罪王安石。
② 香霭雕盘:苏轼《满庭芳》词之首句。
③ 嘲拨:调笑,逗乐。拦当:拦挡,"当"同"挡"。
④ 乞:求。
⑤ 参详:仔细思量。
⑥ 行:这里。打关节:开后门,通人情。
⑦ 怎生勾:怎能够。"勾"同"够"。
⑧ 闲支谎:闲嗑牙。

　　这是一首内心活动和口上应对相结合的曲子。一
声长长的"呀"字后,头三句是肚里转的念头,接着三句
是向钱大人求情的话语,钱大尹问:你是想在我这里通

关系吧？天香答道：我即便通煞关系，也不能够"除籍
不做娼"啊！天香不把话题转移，依然回到求情上来。
特别是最后两句，是直接针对钱大尹的问话的。旧时歌
女艺人社会地位低下，娼妓更是被人踩在脚下，与奴隶
婢女同等。"量妾身本开封府阶下承应辈，怎做的柳耆
卿心头上谢天香？"这是多么惨痛的话语！

　　钱可让天香歌唱《定风波》，唱到"芳心事事"时，一
旁的张千咳嗽了一声，意思是不要唱出"可可"两字来
犯老爷的名讳，天香是何等聪明之人，她立即改口唱
"已已"。但这么一来，她又将自己推进一个难题里：她
必须把全词的韵脚改过。天香改了。改得一字不错一
韵不落："自春来惨绿愁红，芳心事事已已。日上花梢，
莺喧柳带，犹压香衾睡。暖酥消，腻云鬓，终日恹恹倦梳
洗。无奈，想薄情一去，音书无寄。　　早知恁么，悔当
初不把雕鞍系。向鸡窗收拾、蛮笺象管，拘束教吟味。
镇日相随莫抛躲，针线拈来共伊对。和你，免使年少光
阴虚费。"

　　钱可为她的聪慧和应变能力惊讶，让张千做个"落

花(现成)的媒人",说要娶天香做小夫人。天香婉拒道:

〔牧羊关〕相公名誉传天下,妾身乐籍在教坊;量妾身则是个妓女排场,相公是当代名儒,妾身则好去待宾客供些优唱。妾身是临路金丝柳,相公是架海紫金梁①。想你便意错见、心错爱,怎做的门厮敌、户厮当②?(同上)

① 紫金梁:桥,喻国家的栋梁之材。
② 门厮敌、户厮当:门当户对。"厮"在这里无义。

一路是对照,一路是比喻,一路又是提醒。"相公"是何等样人?"妾"又是何等样人?"相公"是何其高贵的人,"妾"又是怎样低贱之人!您昨日还"一个匪妓"、"一个匪妓"的,今天怎忘了娶一个匪妓回家去是掉身价的事?"临路金丝柳"怎能配"架海紫金梁"?门不当户不对的,这事可做不得。

　　这是一首好曲。一路对照,或"相公"在前,或"相公"在后,或"相公"在中间,显得灵动而不呆板。天香刚才只是改词,已才惊四座了,其实以天香之才,自己也能写作词曲的。

　　答辩词发出去了,天香静静地等着回音。谁知钱相公不理她的话茬,径直命令张千云:"张千,着天香到我宅中去。"如此的"娶你没商量"! 天香不知道他老人家葫芦里卖的药,只好自叹命运多乖:

　　〔煞尾〕罢罢罢! 我正是闪了他闷棍着他棒,我正是出了筝篮入了筐。直着咱在罗网,休摘离①、休指望,便似一百尺的石门教我怎生撞? 便使尽些伎俩,干愁断我肚肠,觅不的个脱壳金蝉这一个谎②! (同上)

① 摘离:或作"离摘",脱离。
② 脱壳金蝉这一个谎:一个金蝉脱壳的谎言。

我躲过了他这一招却避不开他那一招,我改韵唱曲免除了一顿打,却不想反把自己送进罗网,这"侯门深似海"呵,叫我如何撞得开? 天香搜索枯肠,依然找不到一个"金蝉脱壳"的妙计。她为自己悲哀。

谢天香来到钱府,转眼就是三年。三年的生活经历让她明白:她现在过的豪门生活,比起她原来一直抱怨的妓女生活来,更为不幸。因为,完完全全地失去了自由:

〔正宫端正好〕往常我在风尘为歌妓①,止不过见了那几个筵席,到家来须做个自由鬼;今日个打我在无底磨牢笼内!

〔滚绣球〕到早起过洗面水②,到晚来又索铺床叠被③,我伏事的都入罗帏④,我恰才舒铺盖似孤鬼,少不的蹴蜷寝睡⑤,整三年有名无实。本是个见交风月者卿伴⑥,教我做遥受恩情大尹妻⑦,端的谁知⑧?(第三折)

① 风尘：这里指妓女集聚之处。

② 过：传递。

③ 索：须，该。

④ 伏事：服侍。

⑤ 踡蜷：蜷曲。

⑥ 见交风月："见"同"现"，谓本来有柳永那样的现成的欢爱之伴。

⑦ 遥受：遥遥领受，指所谓做钱府小夫人是有名无实。

⑧ 端的：真的。

　　天香自在闺房反省往事。三年前，虽说当歌妓身份卑微，但在"那几个筵席"强作欢颜受点委屈后，回到家来倒是可以做"自由鬼"的：想哭就哭，想闹就闹，要"趱点工夫"想念想念情郎也没人管；现如今，名义倒挺好听，是"大尹妻"，其实像个丫鬟，身边又没有了相爱的男人，实在是哑巴吃黄连，有苦说不出。

　　上一曲最后一句，效在承上启下，下一曲的内容，正是具体演述怎样的"无底磨牢笼"。白天的辛苦倒还次要,夜晚的孤独叫人难以忍受,真是个折磨人的黑洞洞的无底牢笼啊! 这两支曲子在"今昔对比"上下功夫。

幸好府中还有几个姬妾与天香年龄相仿,成了玩伴。大家在一起说说心事,讲讲男人,谈谈笑笑,争争吵吵,倒也不错。这一日,有两个姬妾来找天香,她们从钱大尹说到柳耆卿,完了同去竹云亭"赌戏"。提起赌戏,天香想起这两个小姐妹还"欠"着自己的"旧账":

〔滚绣球〕想前日使象棋①,说下的则是个手帕儿赌戏,你将我那玉束纳藤箱子②,便不放空回。近新来下雨的那一日③,你输与我绣鞋儿一对,挂口儿再不曾题④。那里为些些赌赛绝了交契⑤,小小输赢丑了面皮⑥,道我不精细⑦。(同上)

① 使:玩。

② 玉束纳:一种玉饰。

③ 近新来:近来。

④ 挂口儿：挂齿。

⑤ 些些：些许，小小。交契：交往。

⑥ 丑了面皮：板了面孔。

⑦ 精细：这里的意思是聪明伶俐。

　　前日玩象棋之前，说好赌一块手帕，你赢了，把我"玉束纳藤箱子"抢了去，将里面的东西一拿一个空；待到你输了呢，你又赖我赌物，记不记得下雨那天，你输给我一双绣花鞋，至今装聋作哑闭口不提，这算怎么回事啊？不是我在乎这些东西，但游戏也应该有游戏规则，你们现在又要拉我去"赌戏"，那么，先把"旧账"结了！

　　这首曲子写得真有意思！小女子口气，唧唧哝哝，赌气口角，随着这一串串话语的流出，我们仿佛能看到她忽嗔忽喜、亦真亦假的表情。关汉卿真是神了，模拟女儿家口吻模拟得如此逼肖！北宋有晏殊《破阵子》词："巧笑东邻女伴，采桑径里逢迎。疑怪昨宵春梦好，元是今朝斗草赢，笑从双脸生。"写女孩子们赌戏输赢之场面，写得够生动的，但比起汉卿来，毕竟立足点不同,汉卿那才是站在女性的立场上,真正为女性代言呢!

本来嘛,关汉卿自己就是个大玩家嘛!

钱可悄悄地来了。他将拄杖搁在天香的右肩上,天香正玩得起劲,把它拨开;他又换天香的左肩,天香又拨开,如此再三,天香不耐烦了,骂了起来,待得知那是钱大尹在跟她开玩笑时,不觉吓得魂飞魄散:

〔醉太平〕吓的我连忙的跪膝,不由我泪雨似扒推①;可又早七留七力来到我跟底②,不言语立地③,我见他出留出律两个都回避④。相公将必留不刺拄杖相调戏⑤,我不该必丢不搭口内失尊卑⑥,这的是天香犯罪。(同上)

① 扒推:形容眼泪多的样子。

② 七留七力:象声词,形容鞋底在走路时发出的声音。

③ 立地:立着。

④ 出留出律:象声词,形容衣袂发出的窸窣声。

⑤ 必留不刺:象声词,形容拄杖着物之声。

⑥ 必丢不搭：象声词,形容说话喷哺声。

本曲的特色在于连用象声词。北中国民间语言中,多用有象声词像曲中用到的"出留出律"、"必留不刺"之类,至今还活在广大老百姓的口头上。关汉卿这样娴熟地把它们糅入曲词,一用就是一大串,使他的剧曲显得这样的生动,这样的带有生活气息。所谓"字字本色",正是指老百姓的这类本色生活语言。

第四折,是本剧最好看的部分。柳永已考中状元,钱可要安排他们夫妻团圆,但他没有直说,只放风说要立天香为小夫人。听张千在房间外叫了一声"谢夫人",天香兴高采烈地打扮了起来：

〔中吕粉蝶儿〕送的那水护衣为头①,先使了熬麸浆细香澡豆②,暖的那温泔清手面轻揉③。打底干南定粉④,把蔷薇露和就;破开那苏合香油⑤,我嫌棘针梢燎的来油臭⑥。(第四折)

① 水护衣：梳洗时为防止水弄湿衣服而披的布。

② 麸：小麦的麸皮。澡豆：古人用以洗涤之物。

③ 温湴清手面轻揉：先用一种洗面乳清洁脸部皮肤。

④ 南定粉：化妆前打底的香粉，因为是干的，所以要用蔷薇露
　　和了才能用。

⑤ 苏合香油：苏合是一种落叶乔木，树脂名苏合香，可提取苏
　　合香油，是一种定香剂。

⑥ 棘针梢：酸枣树枝。可能燃烧棘针梢是为了化苏合香油。

　　这支曲子的好处，在于让今人知道七百年前的女人
是怎样美容化妆的。此曲之后的一首〔醉春风〕头两
句，也涉及美容："那里敢深蘸着指头搭，我则索轻将绵
絮纽"，那是〔粉蝶儿〕曲的延续，说自己用绵絮蘸着苏
合香油抹头，这样当然比指头抹得匀、抹得光滑。得感
谢关汉卿用剧本记录当年的生活细节。关剧真可谓金
末元初生活习俗之百科全书。

　　谢天香打扮一新，走到厅前却不马上进去，往里偷
觑，一看，看到了三年未见的心上人柳永。关汉卿是个

懂得舞台表演、懂得剧场观众心理的行家里手。在这样的时刻,钱可、谢天香、柳永三人碰面,肯定会有异乎寻常的感情碰撞,肯定会有好"戏",汉卿不让我们轻易看到,欲擒故纵,先让观众跟着天香一起往厅里张望,跟天香一起猜测内中奥妙:

〔石榴花〕我则道坐着的是那个俊儒流,我这里猛窥视、细凝眸,原来是三年不肯往杭州,闪的我落后有国难投[1]。莫不是将咱故意相迤逗[2],特教的露丑逞羞?你觑那衣服每各自施忠厚[3],百般儿省不的甚缘由。(同上)

① 落后:落他人之后,不如人。

② 迤逗:撩拨,逗引。

③ 衣服每:衣冠们,借指官员们。

三年的怨恨兜上心来,但她刚抱怨了"闪的我落后"一句,立即打住,因为眼下的形势严峻着呢。这钱大人到底安的什么心？叫人真的猜也猜不透，是有意让柳郎来勾引我？令我出丑露乖以便羞辱于我？这些做官当老爷的，被人称为"衣冠人物"，或许就是因为衣服"穿"得太多了吧，"城府"忒深，使人"百般儿"琢磨不透。

这是一个极不愉快的宴会。柳耆卿来前就听说钱可娶了谢天香，柳对钱的夺人之美怀恨在心，入座后还是面色沉重，眉头紧锁。三年前他托这位朋友照顾天香，这会儿天香却以钱府小夫人的身份出见，想起三年前自己还被钱可批评"重色轻君子"，耆卿真是气不打一处来！而此刻的天香，更是处身于尴尬的境地：

〔上小楼〕我待要题个话头，又不知他可也甚些机彀①，倒不如只做朦胧②，为着东君奉劝金瓯③；他若带酒，是必休将咱僝僽④。（柳云）天香，近前来些。（正旦唱）这里可便不比我做上厅行首。

〔幺篇〕他那里则是举手，我这里忍着泪

眸,不敢道是厮问厮当、厮来厮去、厮捆厮揪⑤,
我如今在这里不自由!（柳云）大姐,你怎生清减
了?（正旦唱）你觑我皮里抽肉,你休问我可怎生
骨岩岩脸儿黄瘦⑥!（同上）

① 机彀:原意是满弓,引申为陷阱。
② 朦胧:模糊,引申为糊涂。
③ 东君:春神,这里借指钱可。金瓯:华美的酒器。
④ 僝僽:这里作动词用,意为作弄、怪罪、咒骂。
⑤ 厮捆厮揪:相互拍打、亲热的样子。
⑥ 骨岩岩:骨头突出的样子。

　　天香欲语而止。天香心苦自知。她想提个话头,又
不知钱可设有什么陷阱;她只好遵命敬过酒去,但又怕
柳郎喝醉酒后将她怪罪咒骂;她远远地举着酒杯,柳永
够不着,就开口让她靠近一些,一语激起千层浪,三年前
的自由相恋的日子如在眼前。这可是三年没听见的声
音呵!入耳奔心,立即激活了泪泉,却又必须忍着不能

让它们滚落下来——这就是谢天香,今天的谢天香,不自由的谢天香,怎么不"人比黄花瘦"!

可以想见,钱可这个时候一定是在一边观察两人的神情,见一个是眼泪汪汪,一个是滴酒不沾,想自己的"恶作剧"也不能搞得过火,见好就收罢,便把自己召天香入府三年以待耆卿的用心一一道来。不用说,两人如拨开乌云见青天一般,剧情也跟着急转直下。下面的〔哨遍〕、〔耍孩儿〕两曲,是天香对着耆卿把三年的光景娓娓道出:

〔哨遍〕一自才郎别后,相公那帘幕里香风透,又无个交错抽觥筹,又无个宾客闲游饮杯酒,坐衙紧唤,乐探忙勾,唬的我难收救,只得向公厅祗候。不问我舞旋①,只着我歌讴;将凤凰杯注酒尊前递,把商角调填词韵脚搜,唱到"惨绿愁红,事事可可",一时禁口。

〔耍孩儿〕相公讳字都全有,我将别韵儿轻轻换偷;即时间乐案里便除名,扬言说要结绸

缪②。三年甚事曾占着铺盖,千日何曾靠着枕
头?相公意难参透。我本是沾泥飞絮③,倒做
了不缆孤舟④!（同上）

① 不问:不叫、不令。

② 结绸缪:结为夫妻。绸缪,缠绵。

③ 沾泥飞絮:比喻身不自由。

④ 不缆孤舟:未用缆绳系住的孤舟。

　　跳跃式的、有详有略地把别后三载的往事概括。再
次证实天香在钱府做"小夫人"确实是有名无实。天香
自己也觉得难以相信:昨天还是"沾泥飞絮"一般飞也
飞不起来,今天突然做了"不缆孤舟"自由自在了! 三
年相思一日偿还,心上人拥着心上人,喜事来得过于突
然,令人如在梦寐。钱大尹备车,天香与耆卿欢欢喜喜
地并肩回到状元府。

　　在剧里,谢天香是红花,柳耆卿、钱可是绿叶。两位
历史上确实有过的优秀男人对天香的欣赏、钦佩,便是

关汉卿的欣赏和钦佩。汉卿在塑造谢天香这个才女时，倾注了他全部的感情和笔力。他要给这样的女人一个好一点的结局，好一点的归宿。他祝福她如愿，祝福她永远聪明美丽。

在关汉卿的辞典里，没有"女子无才便是德"的条目。

十一、调风月

　　《诈妮子调风月》简名《诈妮子》或《调风月》，有《元刊杂剧三十种本》存世。题目正名是"双莺燕暗争春，诈妮子调风月"。

　　在关汉卿描写塑造女性形象的系列剧中，此剧是比较特殊的。因为它以婢女燕燕为主角，化大量笔墨在她身上。人物性格非常鲜明可爱，言行举止非常独特别致，所以这个形象很有光彩，很鲜活，很"这一个"。关汉卿的女性主义立场是一贯的。他因对那些才貌双全又能干，但屈居社会底层、地位卑下的女性感到惋惜，而特别加以歌颂。他曾写过一首散曲〔朝天子〕，题目叫《书所见》，就是对在一个大户人家婚礼上见到的一个陪嫁婢女的记录和赞叹："鬓鸦,脸霞,屈杀将陪嫁。规模全是大人家,不在红娘下。笑眼偷瞧,文谈回话,真如解语花。若咱,得她,倒了蒲桃架。"

可以说,关汉卿遭遇的这一类女性一定为数不少。他为她们感到委屈,感到遗憾,感到造物主的不公平。可以说,这正是汉卿塑造《诈妮子》燕燕的动因。他要在戏中让她们的性格才能稍稍得到舒展,让她们的愿望得到小小的满足。

关于"诈妮子"的"诈"字,历来有种种解释。王骥德曾将"诈"解释为"乔",而"乔"在宋元时代的"市语"中是"装模作样"、"装腔作势"之义,明显不确;王季思先生疑是"矜持做作",也不够准确;吴国钦先生释为"聪明、狡黠",邵曾祺先生认为是"漂亮、好看"之意,都没错,但还是只释其然未释其所以然。其实,在中国民间,在地方语中,自古就有将贬义词用来表程度、以示极端的做法。如"老好老好的"、"爱得要死"等。小说《水浒传》中"病大虫薛永"、"病关索杨雄"两英雄,他们诨号中的"病"字就是赛过、比得上的意思,"病大虫"就是

"赛大虫","病关索"就是"赛关索"。"诈"字的用法也是这样。一个贬义词用作褒义,表示极端褒奖,还带点幽默调侃之味。"诈妮子"的"诈",大体相当于现代流行语中的"酷"。

现存的《诈妮子调风月》是个残本,仅有曲辞和小部分科白,但基本上可从中勾勒出大概剧情。现介绍如下:

千户尚书之子到洛阳探亲,夫人让聪明伶俐的燕燕丫头照顾他,两人一见钟情。小千户的漂亮着装和"魔合罗"般英俊的面容让燕燕着迷,她看出来小千户也很喜欢自己,让她做这做那,好有机会接近她。终于,小千户对月起誓,要与燕燕相亲相爱,答应往后要娶燕燕做"小夫人"。燕燕是一个心气很高的姑娘,看眼前的少年郎如此可敬可爱,如此能说会道,便被深深地吸引了。两人如胶似漆,山盟海誓,燕燕自以为从此终身有靠。

寒食那天,本来燕燕要与女伴们玩一整天的,心中惦记着情郎,提前回家来,就觉得气氛不对:小千户躺在床上不理不睬,问急了,他让她自我审视。燕燕由镜子里看到自己发髻偏斜、罗衣不整的样子，不禁羞愧，还以为小千户的坏脾气是自己引发的。侍候他就寝时，燕燕发现他袄子里掉下一块女用手绢，就心急火燎地盘问起来。原来小千户今日游春结识一位莺莺小姐，两人相见恨晚，刚相识就互赠了一大堆定情物。燕燕恨薄情郎见异思迁，恨不得毁了这些东西。她高一脚低一脚走回下房，一夜失眠，见一只扑火飞蛾，联想到自己身世，一时感慨系之。小千户又来纠缠，被燕燕骗出门去关在门外，这花花公子恨恨地立志报复。他怂恿夫人派燕燕到莺莺家做媒。燕燕将计就计，欲在莺莺面前揭露小千户的德行，不料反被莺莺唾骂。婚礼如期隆重举行。燕燕强作欢颜，为莺莺梳妆插戴。后来老爷来了，燕燕在老爷面前大说新娘坏话。新郎小千户在燕燕面前还摆出一副主人的架势，大耍淫威。燕燕忍无可忍，一把抓住这衣冠禽兽，大声诅咒他的婚姻，差一点搅了他的婚礼场面。最后，燕燕跪地向老爷夫人申诉原由，主人家无奈，只得答应娶燕燕为妾。燕燕也满心喜欢，因为在内心深处，她还是爱着小千户的。

通过残本我们看到：此剧本由四折组成，全剧五十九曲，每折只著曲牌不标宫调。如：第一折第一曲是〔点绛唇〕，一般会写做〔仙吕点绛唇〕。第二折〔粉蝶儿〕也应该标〔中吕粉蝶儿〕，以此类推。不标宫调，可能是演出时对宫调的要求不甚严格，所以《诈妮子调风月》较多地带有民间文艺色彩。

〔点绛唇〕是燕燕上场后唱的第一支曲子，是她自我介绍的开场白。当时府上夫人已经交代她来照顾小千户，夫人对她说：来客非同小可，"别个不中，则你去"，说得燕燕有点洋洋自得，骄傲地来了句"想俺这等人好难呵"，就唱上了：

〔点绛唇〕半世为人，不曾交大人心困①。虽是搽胭粉，子争不裹头巾②，将那等不做人的婆娘恨。（第一折）

① 交：教。
② 子争：只差。

　　燕燕的自我认定是一个"搽胭粉"的大丈夫,是一个"不裹头巾"的巾帼英雄。"半世为人",说大话了不是? 燕燕能有几岁? 等我们读下去了就会知道,燕燕也是个常说大话的人。她说她半世为人,从没让大人操过心。这我们相信,凭燕燕这么聪明能干,看来在家时不会让家大人费心,现在更不会让府上的大人们费神。这首曲子末句最值得吟味。"将那等不做人的婆娘恨"。"恨"得好! 天下有的是做牛做马的人,尤其是"婆娘",但她们之所以"不做人",与其说是为人所逼,不如说首先是自己造成的。自己在内心深处不把自己当人看,那么,有再好的客观条件都没用;反言之,若处于社会底层,只要自己首先在心里承认自己是"人",是个堂堂正正的人,为做个堂堂正正的人而不懈斗争,那么,任凭什么人都是很难把你打成"非人"的。所以,燕燕这里的"恨",是哀其不幸、恨其不争的"恨"。

　　人和人,在阶级关系上如此,在性别关系上亦复如此。燕燕的这段话,简直是一个有关"人"、特别是有关女人的宣言!

燕燕和自己生命中的"冤家"遭遇了。燕燕一见小千户,就显得格外兴奋,哥哥长、哥哥短的。从她曲词里映现的可见,她眼前的这位"小千户哥哥"是个美少年,面若傅粉("便似一团儿搂成官定粉")。燕燕见了他,不觉得陌生,言笑风生,主动套近乎地说:"哥哥外名,燕燕也记得真,唤做魔合罗小舍人。"

〔那吒令〕等不得水温,一声要面盘;恰递与面盆,一声要手巾;却执与手巾,一声解纽门。使的人无淹润①,百般支分②。(同上)

① 淹润:温和,客气。

② 支分:打发,指使。

小千户看来不光外貌俊俏,对于使手段引诱女孩子也是行家里手。小千户简直是迫不及待了,他声言要洗脸,等不得"水温";又要手巾,接手巾时将燕燕的手一起"执"过去;接着要燕燕给他"解纽门",这一下,两个年轻人的身体靠得很近很近,可以清晰地感受到对方的鼻息,可以清楚地知道对方的气息是不是受用,是不是自己所喜欢的。看起来,这一对小儿女是息息相通的了。小千户接着就想去燕燕的房间,燕燕不肯,因为她的房间简陋不堪。她说,"这书院好":

〔幺〕这书房存得阿马^①,会得客宾;翠筠月朗龙蛇彻^②,碧轩夜冷灯香信,绿窗雨细琴书润,每朝席上宴佳宾,抵多少十年窗下无人问^③。(同上)

① 阿马:父亲,女真语。
② 龙蛇:这里指书法。因为草书蜿蜒蟠曲,故以龙蛇喻之。
③ 十年窗下无人问:指认真苦读。

燕燕用曲描绘的书院,确实书卷飘香,琴韵悠长。"翠筠月朗龙蛇彻,碧轩夜冷灯香信,绿窗雨细琴书润",一组鼎足对,对得工整,对得精致,很有些宋词的意味。她说在书院里，可以接待老爷，接待客人。她是个爱热闹的人，她希望他"每朝席上宴佳宾"，她倒不劝他"十年窗下无人问"、一朝"金榜题名天下知"什么的。

小千户在书院里跟燕燕谈开了"国风雅颂"，有意无意地还穿插些"儿婚女聘成秦晋"的话题，燕燕如何不懂？她懂装不懂地跟他周旋着，心里却很快活。她"描不过哥哥行在意殷勤"，她"见他语言儿裁排得淹润"，她相信自己的眼睛："他怎比寻常世人？"

显然，他已经向她发起了"进攻"。他意态殷勤、言语温润，他的攻势却凶猛无比。她，在这样的凌厉攻势下，进入了两难境地。中国的性心理学研究向来是被忽视、被排斥的。据现代性心理研究报告，少男、少女的"性发动"是很不相同的，男性单纯，女性则复杂得多。女性接受她第一个男人的过程是痛苦的，女性在第一时间的反应是拒绝。明乎此，我们就能明白，西厢那个晚上，为什么崔莺莺把张生约了来、结果又"端服严容"地对他行了一番教训。由于我们性心理学缺席，故此类文学作品中较为纪实的有关文字，理当应该受到我们重视。比如《莺莺传》、《西厢记》，比如《红楼梦》，比如我们的这位关汉卿的剧作。

崔莺莺接受了张生的求爱信息，三天后才给出响应。三天后，当"绝望"的张生见到"自荐枕席"的莺莺时，再三不敢相信。因为唐传奇处在"只述其奇"的阶段，我们不知道莺莺在这三天里的内心活动，不知道她何以终于决定接受自己的"性命运"（西蒙·波娃语）。不要紧。我们可以从燕燕处得到补习：

〔元和令〕无男儿只一身，担寂寞受孤闷；有男儿意梦入劳魂①，心肠百处分②。知得有情人不曾来问，肯便待要成眷姻③。

〔胜葫芦〕怕不依随蒙君一夜恩，争奈忒达地忒知根，兼上亲上亲成亲好对门。觑了他兀的模样，这般身分，若脱过这好郎君？（同上）

① 劳魂：心魂劳累。

② 心肠百处分：牵肠挂肚。百处，极言多。

③ 眷姻：即"姻眷"，为押韵而颠倒。

　　燕燕也已经是个晓事的女孩儿了。她知道小女子身边没有个男人，"担寂寞受孤闷"，日子是不好过的；可有了男人又怎样呢？梦魂萦绕，牵心挂肚，小小方寸倒要分百瓣！她在后面唱的"往常受那无男儿烦恼，今日知有丈夫滋味"，正是对这些曲句的呼应。她很坦诚。她对她自己很坦诚。（关汉卿将女孩儿这时候的曲折心理如实写下来，关汉卿也很坦诚。）她心里拿定主意：除非他不问，若问，我就这样回答：要我"肯"则一定要日后"成眷姻"。

　　就这样燕燕思前想后犹豫不决。进一步难上加难，退一步又怕从此错过好郎君、"百年恩"。又是一番审问，又是一番誓盟。燕燕终于跨出了这一步，这终生难忘的一步，这令她日后甜蜜无限又悔恨交加的一步。

　　云散雨收。她就是他的人了。他掀帘要去，"兜地"又回头。她迎上去，再温存一回，依依不舍。窃窃私语，且听他们说些什么：

〔尾〕忽地却掀帘,兜地回头问①,不由我心儿里便亲。你把那并枕睡的日头儿再定轮②,休交我逐宵价握雨携云过今春③。先交我不系腰裙,便是半簸箕头钱扑个复纯,交人道眼里有珍,你可休言而无信!(云)许下我包髻、团衫、绌手巾④,专等你世袭千户的小夫人。

(同上)

① 兜地:一下子,极言快、突然。
② 定轮:止住太阳(日头儿)的转动。定,止;轮,轮转。
③ 握雨携云:古人将男女欢爱讳称作"行云雨","握雨携云"意为拿握着云雨无处行。
④ 包髻、团衫、绌手巾:宋元时代娶妾的聘礼。

"并枕睡"的日子多难得!你得想想办法,把这样的日子早点定下来早点让我知道;你可不能让我一夜一夜"握云携雨"地等你呵。到时候,我会把半簸箕的钱币抛来扑去,以占卜你来还是不来。人赞我"眼里有

珍",你可不能"言而无信",我等着你的聘礼。我等着
做你世袭千户的小夫人,并不是图你虚名,这可是爱的
保证。

关汉卿可真懂女人心!在他这并不完整的剧本中,
我们竟读着了这一大篇女性心理记录。《调风月》只剩
下燕燕的唱词和少量说白,小千户的科白一点没留下,
满篇都是"末云了"之类。但奇怪的是这并不影响我们
对一个少女在告别她少女时代前后心理变化的了解。
那是因为,关汉卿的曲词写得好,写得细腻,写得到位。
元杂剧时代,中国小说尚未获得心理描写的技能。宋元
话本几乎没有心理活动叙写。而中国文艺作品的性心
理描写更是缺乏。即便是像《金瓶梅》这样的小说,也
很难说有像样的性心理描写。这一点,正是我们不得不
特别关爱关汉卿的地方。

好景不长。爱情发生在春天,情变,竟也发生在同
一个春季。仅仅到了寒食,事情就不一样了。第二折一
开头"(外孤一折)(正末、外旦郊外一折)",一看这寥
寥数语,我们知道不好了,"第三者"插足了。"外旦",

一个外来的"旦"。果然,"正末"(小千户)已经在"郊外"跟这"外旦"(莺莺)打得火热,互换了定情物。小千户现在已像是个情场老手,手起手落,又一个"猎物"心甘情愿地进了他的怀抱。

燕燕哪里知道这变故?按照她往年的玩性,与女伴们打秋千,这一天不到断黑她是不会回来的。今年不同,她牵挂着她那"未拿着性儿女婿",他的脾性还没摸透。果然,小千户一见面就给她冷脸子看。她问他吃饭没有,他就光起火来,令燕燕费了一番猜疑。他让她看看自己,燕燕从镜子里看到自己头发散乱、衣衫褶皱,吃酒吃得脸红步斜,十分难为情。她想自己刚才还在胡乱猜忌,其实原因就在自己身上。她骂了一句自己。

不肯吃饭,不肯更衣睡觉,燕燕强行将他袄子脱下,一块手帕掉在了地上。小千户慌不迭地来抢,早已被燕燕收进自己衣袖里。燕燕气急败坏向他吼道:"哥哥,撇下的手帕是阿谁的?"

小千户见瞒不过,索性把邂逅莺莺小姐之事从头细说,把莺莺给他的玳瑁纳子、靴子拿了出。这在小千户颇有点炫耀的意思。燕燕气得发誓要把它们统统砸碎。小千户用手护着,说这些都非常值钱。燕燕闻言更为生气。好在她也是个泼辣货,指着小千户咒骂起来:

〔哨遍〕并不是婆娘人把你抑勒招取①,那肯心儿自说来的神前誓。天果报,无差移,子争个来早来迟,限时刻十王地藏②,六道轮回,单劝化人间世。善恶天心人意③,人间私语,天闻若雷④,但年高都是积善好心人,早寿夭都是辜恩负德贼。好说话清晨,变了卦今日,冷了心晚夕。(第二折)

① 婆娘人:女人。抑勒:仰逼,逼迫。招取:招娶,取同娶。
② 地藏:佛教菩萨名。据传其受释迦牟尼嘱托,自誓必尽度六道众生,拯救苦难,始愿成佛。
③ 天心人意:表明中国人"天人合一"、"天人感应"思想。
④ 人间私语,天闻若雷:人间轻轻一言,天间闻若打雷。

真的是人情无常呵！清晨还好言好语来着,到白天就变了卦了,入夜更是心寒意冷。这就是爱情么？这就是人们往往看得比生命还重的爱情么？难道世间的"好物"都是这样的"不坚牢"么？这样一朵美丽的花说谢就谢了？"那肯心儿"可不是随便出口的,那可是在"神前"发的"誓",应该是神圣的,难道就不怕天谴、不怕短寿？

燕燕一边咒骂一边退出门来,看样子小千户没有跟出来,燕燕便对着这门——对着门里的他又数落了几句:

〔耍孩儿〕我便做花街柳陌风尘妓①,也无那则忺过三朝五日②。你那浪心肠看得我(试)容易,期负我是半良不贱身躯③。半良身情深如你那指腹为亲妇④,半贱体意重似拖麻拽布妻⑤。想不想于今日,都了绝爽利⑥,休尽我精细。(同上)

① 花街柳陌：指妓女集聚之处。

② 无那：无奈。忺：适意。

③ 期负：欺负。半良不贱：半良半贱，指自己的丫鬟身份。

④ 指腹为亲：两家夫人在怀孕时就定下的亲事。

⑤ 拖麻拽布：着素戴孝。

⑥ 了绝爽利：断绝干净。

　　难道我是"花街柳陌"的妓女？就这样"三朝五日"的新鲜头？就因为不如人家拿得出"值钱"的定情物？就因为我身份的"半良不贱"？要知道，我对你"情深"、"意重"，犹如与你指腹为亲、戴孝送终的妻子。要不，就在今天撩开手吧，要断就断绝干净，也省得我再用心思了！

　　燕燕就这么絮絮叨叨地说着，像是前言不搭后语。经验告诉我们：受此类打击的女子，在略知真相的第一时间，其反应多是前言不搭后语的絮叨。那是因为她们的心是乱的。时而威胁，时而哀求，时而不屑。愤愤然，哀哀然，酸酸然。燕燕在这么多话语里有三个字是准确的,那就是:浪心肠。人世间是有一类"浪心肠"的男人,燕燕不幸,撞了个正着。燕燕可以聊以自慰的是:世界上像她这样撞见"浪心肠"的大有人在。只是,燕燕面前的这位"浪"得过快了点。

燕燕唱了这首〔耍孩儿〕后,又唱了五支"煞"曲,从〔五煞〕到〔尾〕曲,像是要"煞"而煞不住一般。她想自己原是个挺清醒、挺有见识的人,怎么吃了那"砂糖般甜话儿"就昏了头了呢?她嘲笑自己"往常受那无男儿烦恼,今日知有丈夫滋味"。她想象自己今后的悲惨:拿不到"包髻、团衫、绵手巾"倒还在次,待他娶妻之后,每天晚上亲自"送得他被底成双睡"的境遇可不是好受的,"他做成暖帐三更梦,我拨尽寒炉一夜灰"。但如果他成亲后"不在俺宅司内"呢?"便大家南北,各自东西",从此再见不到他"魔合罗菩萨"般的面,这样的日子也不好过。燕燕前思后想着,脚高脚低地回她的下房:

〔二煞〕出门来一脚高一脚低,自不觉鞋底儿着田地。痛怜心除他外谁根前说?气夯破

肚别人行怎又不敢提①？独自向银蟾底②，则
道是孤鸿伴影③，几时吃四马攒蹄④？（同上）

① 夯：撞，冲。

② 银蟾：月亮。

③ 孤鸿伴影：孤鸿，鸿雁是一种合群之禽鸟，落单时就会叫得
十分凄凉。剧中主人公说自己也是个孤独之人，只能与孤
鸿作伴。

④ 吃：受。四马攒蹄：马的四只蹄子攒聚着，指捆住手脚。

　　昏昏然，飘飘然，已经没有了鞋底着地的感觉。万
箭穿心一样的痛，夯破肚皮一样的气。最惨的是，这样
的痛苦没有人能够分担，除了"他"，不能跟任何人提
起，而他，已经是今非昔比的他了。抬头望，月儿还是同
样的月，可月下之人却是我独自一个。原指望两人相依
相偎形影不离，现在怎么像马蹄被缚起来一样不能动
弹？燕燕又一连串地痛骂自己："呆敲才"、"死贱人"，
她知道怨天尤人没有用，但她除了咒骂自己，还能做什

么呢?

  第三折。一日深夜,燕燕又是久久无眠。她在简陋的小房里,痛苦不堪:

  〔斗鹌鹑〕短叹长吁,千声万声;捣枕捶床,到三更四更。便似止渴思梅①,充饥画饼②,因甚顷刻休,则伤我取次成③,好个个舒心,干支剌没兴④。

  〔紫花儿序〕好轻乞列薄命⑤,热忽剌姻缘⑥,短古取恩情⑦。(见灯蛾科)哎!蛾儿,俺两个有比喻:见一个耍蛾儿来往向烈焰上飞腾,正撞着银灯,拦头送了性命⑧,咱两个堪为比并⑨,我为那包髻白身,你为这灯火清。

  (云)我救这蛾儿。(做起身挑灯蛾科)哎!蛾儿,俺两个大刚来不省呵⑩!

  〔幺〕我把这银灯来指定,引了咱两个魂灵,都是这一点虚名。怕不百伶百俐,千战千

赢,更做道能行怎离得影!这一场了身不正,怎当那厮大四至铺排小夫人名称⑪?(第三折)

① 止渴思梅:成语中有"望梅止渴",这里略改而用之。
② 充饥画饼:成语中有"画饼充饥",这里颠倒用之,与上述"止渴思梅"一样,都是把常用成语因果颠倒。
③ 取次:次一等。
④ 干支剌:平白地。支剌:语助词,无义。
⑤ 轻乞列:轻。乞列,语助词。
⑥ 热忽剌:热烈的。忽剌,语助词。
⑦ 短古取:短。古取,语助词。
⑧ 拦头:迎头。
⑨ 比并:并列。
⑩ 大刚来:总之。省:省察,省悟。
⑪ 大四至:同"大四八",大模大样。

在一阵长吁短叹、捣枕捶床后,燕燕爬了起来,点起了灯火,看自己的身影被放大了投在泥墙上,越发显得孤苦无依。忽而，她见一只飞蛾飞着飞着，奋不顾身地扑向灯火，正好撞在烈焰上，顷刻丢了性命。燕燕觉得自己正与那只飞蛾一样，一个为了"包髻白身"，一个为了"灯火清"，同样的义无反顾。飞蛾粘贴在灯火上的身子已经焦黑。燕燕不忍，起身挑下这小小的已经没有了生命的身躯。她对蛾儿哑声说：哎！蛾儿，我们俩都瞎了眼喽！燕燕觉得自己也已经死了。心死了，剩下行尸走肉。那些个聪明能干，都到哪里去了？为了一点虚名，竟然将自己引到如此不堪的地步！

这三首连唱的、夹白夹唱的曲子写得实在精彩。一只小飞蛾，也许舞台表演中并没有真的飞蛾道具，只是通过演员表演让人感觉到有飞蛾在扑火，但有没有这小飞蛾情节却大不一样。在这里，小飞蛾已是燕燕的处境、命运、前途的象征物。小飞蛾就是燕燕，燕燕就是小飞蛾。从修辞上讲，这是比喻，是明喻，却又和诗词之"赋比兴"之"比"不一样，它是曲之"比"，是"比"，却又是直抒胸臆式的，又有"赋"一般的铺陈。在这点上，似乎惟有《谢天香》第一折〔油葫芦〕中"你道是金笼内鹦哥能念诗,这便是咱家的好比似(比拟、比喻)。原来越聪明越不得出笼时"句,可以和它媲美。

没想到厚脸皮的小千户还会再来纠缠。依然是粉白的脸庞、风流的身材,依旧是那般"砂糖般甜话儿"在耳边响。这一切,几天前对于燕燕还是"挡不住的诱惑",如今在燕燕眼里,却显得这样丑陋、这样令人作呕。她先是酸酸地将他嘲讽了几句,说是"有劳长者车马,贵脚踏于贱地",小千户花花公子一个,惯会哄人,赶紧赔笑求饶。燕燕云"你要我饶你咱,再对星月赌一个誓":

　　〔紫花儿序〕你把遥天指定,指定那淡月疏星,再说一个海誓山盟,我便收撮了火性①,铺撒了人情②,忍气吞声,饶过你那亏人不志诚。赚出门程③,(入房科)呼的关上笼门,铺的吹灭残灯④。(同上)

① 收撮:收敛。

② 铺撒：铺展。

③ 赚出：用计骗出。

④ 铺：同"噗"，象声词。

　　小千户说这容易，就跨出门槛准备到月光底下宣誓。他前脚走，燕燕后脚就把门"呼"一下关严，灯火"噗"一下吹灭，任凭他在外面怎样告饶，燕燕房里一片死寂。小千户这下也品尝到了被抛弃的滋味。他怒从心上来，恶自胆边生，决心作弄报复燕燕。

　　燕燕不知道会有这样的难堪等着自己：夫人把她叫去，当着小千户的面，差遣燕燕去莺莺小姐家做媒。燕燕开始不肯，再三回说"燕燕不去"，无奈夫人认定燕燕，说她"能言快语说合成"，是个做媒的料。燕燕没办法，只得去。

　　燕燕见到了莺莺，提亲的话音刚刚落地，莺莺已经满口应允，这倒出乎燕燕的意料之外：

　　〔鬼三台〕女孩儿言着婚聘，则合低了胭

颈,羞答答地禁声;划地面皮上笑容生,是一个
不识羞伴等。俺那厮做事一灭行①,这妮子更
敢有四星②,把体面妆沉,把头梢自领③。(同上)

① 一灭行:干脆利落。
② 有四星:有下梢,有结果,有前途。
③ 头梢:头发。这里指抓住事物的先端,争取优势。

　　燕燕这才知道自己遇着对手了。世上的事情别的
不怕,就怕老面皮呵!这小姐倒是个天生不知"羞耻"
二字的。表面上要十分端重,其实是要自领"头梢",先
下手为强。这女人够"另类"的,比"俺那厮"做事还要
果敢。有前途!她一有前途,那我的前途何在?想到
此,燕燕有些焦虑。她不甘心就此败去。她还想较量几
个回合。她心里说:"着几句话,破了这门亲。"她这时
对小姐说出口的是:"小姐,那小千户酒性歹。"那厮"酒
风"不好,没有"酒德",喝醉了酒很可怕。不料小姐破
口大骂起来。我们不知道小姐骂些什么,只知道连泼辣

的燕燕也甘拜下风:

> 呀!早第一句儿,
>
> 〔天净沙〕先交人扑俺了我几夜恩情①,来这
> 里被他骂得我百节酸疼,我便似窬墙贼蝎蛰噤
> 声,空使心作幸,被小夫人引了我魂灵②。(同上)

① 扑俺:疑应作"扑淹",扑火之义。
② 引:勾引。

　　想自己这是何苦!"几夜恩情"被人扑灭了不算,
还颠儿颠儿跑来受辱挨骂,想了一肚子话,刚说了第一
句,就"被他骂得我百节酸疼"。自己心思全使"空"了,
说来说去,根本就在于"被小夫人引了我魂灵"。这是
自己症结所在。
　　女人和女人的关系,可以四字概括:相生相克。像
眼下莺莺燕燕这样,是情敌,自然主要是"相克"了。底
下三曲,是燕燕的心声,依旧是前言不搭后语似的,缺乏

逻辑,一会儿说两个女人,一会儿说她们相中的同一个
男人,一会儿像是替莺莺着想担心她嫁过去没有好下
场,一会儿又把莺莺骂得那么凶:

〔东原乐〕我是你心头病,你是我眼内钉,
都是那等不贤惠的婆娘传槽病。你子劳查着
八字行①,俺那厮陷坑,没一日曾干净。

〔绵答絮〕我又不是停眠整宿,大刚来窃玉
偷香②,一时间宠幸,数月间忟过,俺那厮一日
一个王魁负桂英③。你被人推、人推更不轻。
俺那厮一霎儿新情,撒地腿脡麻、歇地脑袋疼④。

〔拙鲁速〕终身无簸箕星⑤,指云中雁做
羹⑥。时下且口口声声,战战兢兢,袅袅停
停⑦,坐坐行行;有一日孤孤另另,冷冷清清,咽
咽哽哽:觑着你个拖汉精⑧!(同上)

① 子:只。
② 窃玉偷香:又作偷香窃玉,男女偷情之谓。

③ 王魁负桂英：宋代故事，言王魁得桂英资助中举，抛弃
　桂英，被自杀后的桂英活捉事。借喻世上负心汉、痴
　情女。

④ 撒地……歇地：一会儿……一会儿。

⑤ 簸箕星：扫帚星，指厄运之兆。

⑥ 云中雁做羹：犹言"癞蛤蟆想吃天鹅肉"，是实现不了的。

⑦ 袅袅停停：即"袅袅婷婷"。

⑧ 拖汉精：宋元时代骂人语，指抢夺人家男人的人。

　　"我是你心头病，你是我眼内钉"，多么直截了当！
燕燕深知自己算不上"贤惠"的女人，她也不愿做那等
逆来顺受的"贤惠"女人。第二支曲〔绵答絮〕将个花心
男人描绘得入木三分：一时间宠幸，数个月新鲜，过后
就是"一日一个王魁负桂英"了！见异思迁，还要找借
口支吾女人，一会儿腿麻啦，一会儿脑袋疼。〔拙鲁速〕
一曲则以连用叠字见长。她见莺莺眼下是"口口声声"
应允，"战战兢兢"怕错过好姻缘，"袅袅停停"一副准新
娘的样子，"坐坐行行"坐立不安，恨不得立时就嫁了过

去,燕燕已经清楚地看到了莺莺的明天:"孤孤另另,冷冷清清,咽咽哽哽。"到时候,我要冷眼旁观你这"拖汉精"的好下场!

转眼就到婚礼那日。前来贺喜的人很多,官人们峨冠博带,女娘们绒衣绣服。燕燕因为是媒人,躲不开要伺候小姐出阁。因为在这样众目睽睽的场合,燕燕也不能发作,只好强忍着心中一点痛,脸带微笑。给小姐梳洗打扮完了,小姐问她如何,她假作赞美道:

〔甜水令〕姐姐骨甜肉净,堪描堪塑。生得肌肤似凝酥,从小里梅香嬷嬷抬举①,问燕燕梳裹何如?

〔折桂令〕他是不曾惯傅粉施朱,包髻不仰不合,堪画堪图:你看三插花枝,颤巍巍稳当扶疏②,则道是烟雾内初生月兔,元来是云鬓后半露琼梳。百般的观觑,一划的全无市井尘俗,压尽其余。(第四折)

① 梅香嬷嬷：丫鬟女佣的统称。

② 扶疏：枝叶婆娑纷披的样子。

　　燕燕竟然也会这样甜言蜜语！可能她的这位"姐姐"果然是生得好，不由她不艳羡，也难怪她那"哥哥"要一见倾心了。同时燕燕又是对自己第一次着手的新娘妆的自夸。你瞧：这发髻梳得多周正！不仰不合，不高不低；这三枝花插得活，水灵灵的，像依然长在枝头上；这云鬓后露出的半把琼梳，远远看去，可不像"烟雾内初生月兔"、一弯上弦月？燕燕说：姐姐，你这新娘高贵典雅，压倒一切！

　　我们曾经关注过关汉卿笔下的谢天香化妆；这里，让我们再度注目那一时代的新娘妆。服饰习俗原本就是民俗之大宗，何况新娘妆还涉及礼俗。元杂剧前后的小说中也有一些描写到新娘服饰的，而关汉卿可是用韵文在描述，不能不让人佩服！

　　当老爷来问及新郎新娘"勘婚"的情况，媒人燕燕则讲了新娘的许多坏话：

〔挂玉钩〕是个破败家私铁帚帚①,没些儿发旺夫家处②,可使绝子嗣妨公婆克丈夫③。脸上肇泪麝无里数④,今年见吊客临⑤,丧门聚⑥,反阴复阳⑦,半载其余。(同上)

① 破败家私铁帚帚:帚帚,疑应作"扫帚",指女方家庭没什么财产。
② 发旺夫家:使夫家兴旺。
③ 绝子嗣妨公婆克丈夫:断子绝孙、妨碍公婆,是丈夫的克星。
④ 肇泪麝:一种面相,民间认为其麝涡是肇泪处,一辈子眼泪不干。
⑤ 吊客:吊丧之客。
⑥ 丧门:"丧门神"之简称,十二凶煞之一,主死丧哭泣之事。
⑦ 反阴复阳:阴阳较量。

这也符合人之常情。像莺莺、燕燕这样的两个女人在一起,一定会好好孬孬、反反复复的。好起来,姐妹俩也能像同胞手足一样,凑在一处讲体己话,排忧解难,甚至相互帮衬着对付男人;孬起来,仇杀都有可能发生。这样的事,我们在《金瓶梅》《红楼梦》中,在生活实际中难道还见得少!

老爷夫人恐怕被燕燕的"损"惊呆了。他们问及原因,一下子触动了燕燕的痛处。与其掖着瞒着,在今后漫长岁月中被痛苦慢慢啃噬,燕燕想,还是长痛不如短痛,把事情的原委过程都摆到桌面上来吧!燕燕背水一战,不计后果了:

〔雁儿落〕燕燕那书房中伏侍处,许第二个夫人做,他须是人身人面皮,人口人言语!

〔得胜令〕到如今总是彻梢虚①,燕燕不是石头镌铁头做,交我死临侵身无措②,错支刺心受苦③!瘫中着身躯,交我两下里难停住;气夯破胸脯,交燕燕两下里没是处。(同上)

① 彻梢:彻根彻梢的省文,即彻头彻尾的意思。

② 死临侵：像死人一样，形容悲伤之极。

③ 错支刺：又作措支刺，慌张失态的样子。

　　燕燕能说会道。她不说小千户"不是人"，不道小千户言而无信，她用肯定句的形式说："他须是人身人面皮，人口人言语！"这么一说，谁人还敢否定？官僚贵族家庭是最要面子的。她要看看她的对手会出什么"棋"。〔得胜令〕里的话又说得那么的令人同情。燕燕我也是父母生来父母养，也是血肉之躯。人非石铁，孰能无情？面临现在这样的尴尬局面，我真是两下里难做人！

　　这个难题，这个人生的第一难题，她把它踢给了老爷夫人。这就是"诈妮子"的"诈"处！要知道，这可是个宾客满堂之时！老爷夫人这时的表情，一定是尴尬的。最为尴尬的，当是那胡作非为的小千户。文过饰非，是贵族家庭的常举。老爷夫人做主，把燕燕许配给新郎，婚礼同时进行。燕燕接过盛满喜酒的杯盏，一下子又谦虚起来了：

〔阿古令〕满盏内盈盈绿醑^①，子合当作婢为奴。谢相公夫人抬举，怎敢做三妻两妇？子得和丈夫一处对舞，便是燕燕花生满路。（同上）

① 绿醑：美酒。

　　问题的关键在于，燕燕还爱着她那"哥哥"。恩恩怨怨的，并没有从根本上损耗这一爱。"了（只）得和丈夫一处对舞，便是燕燕花生满路"，表述得多么清楚。记得西方一部有名的电影里有段有名的对话，其中的女主人公对那个坏男人说："我知道你是个坏人，但遗憾的是我还爱你。"燕燕也有同样的"遗憾"。另一部同样是有名电影，作为最后结论，那个擅长心理分析的侦探说："女人最大的弱点，在于需要别人的爱。（大意）"燕燕也是女人，自然逃脱不了这普遍存在的"弱点"。明乎此，我们就不会简单地批评燕燕"妥协"，或认为做小夫人是燕燕的更大的"悲剧"。

　　连关汉卿都没有这样批评燕燕，也没有作这般悲剧之观,我们又何须多此一举呢!

还是老一辈学者懂得《诈妮子调风月》的好处。郑振铎先生说:"我们看惯了红娘式的婢女,却从不曾在任何剧本上见过像这位燕燕那般的具有着真实的血肉与灵魂的少女,这是汉卿最高的创造。"赵景深先生更是干脆地给了它一顶桂冠:"一个光辉灿烂的好剧本。"两位先生的见解都非常到位。燕燕有着少女的血肉与灵魂,重视着自己血肉与灵魂。她知道自己要什么,就千方百计、不择手段地争取追求什么;关汉卿重视着女人活的血肉与灵魂,他写出了它们的呼喊,他给予它们正当性、合理性,同时写出它们的艰难。剧本的残缺并不能掩盖活着的灵与肉的光芒。燕燕正因此而光辉灿烂,剧本也因此而光辉灿烂。

诈妮子燕燕的故事在当时曾经十分流行过。晚于关汉卿的高克礼(乔吉的好友),曾以燕燕故事为题材写过一首散曲"带过曲",调寄〔越调黄蔷薇过庆元贞〕:"燕燕别无甚孝顺,哥哥行在意殷勤。玉纳子藤箱儿问肯,便待要锦帐罗帏就亲。吓得我惊急列蓦出卧房门。

他措支剌扯住我皂罗裙。我软兀剌好话儿倒温存。一来怕夫人，情性哏；二来怕误妾百年身。"散曲因为篇幅短小，只展示了一个画面，是燕燕在"哥哥"强大攻势面前一时的束手无策，是每个女子面对类似场合都有的两难境地。关键还在于"怕误妾百年身"，如果这个问题解决了，燕燕还是"肯"的。这首散曲直是关剧《调风月》中拆下的一个场面，主题和风格均颇为接近，想是受关剧的影响写成的，可作阅读关剧《调风月》的参考。

十二、哭存孝

　　本剧《邓夫人苦痛哭存孝》，简名《哭存孝》。其剧情梗概如下：唐末李克用镇压黄巢起义后，听信李存信、康君立的谗言，推翻自己承诺，不派李存孝去潞州为官，改派他去危险艰苦的邢州。等李存孝夫妇前来，李克用已被李存信等人灌醉，说什么也没用了。李、康二人一计刚成，又生一计，假传李克用命令，让李存孝恢复本名安敬思，令其部下五百义儿全部改姓，转脸又向李克用进谗，说存孝意欲造反，连名字都改回去了。李克用怒欲讨伐，他夫人刘氏劝其暂缓，她亲去调查后再说。调查结果得知是李、康的阴谋，她带李存孝同来，拟向李克用挑明真相。他们刚到，李存信就假传刘夫人的亲生儿子坠马的消息，把刘支开，又利用李克用醉语中有蒙古语"五裂蓑迭（我醉了）"，将李存孝拉出去就五车裂死了。刘夫人赶来后，小番莽古歹向她报告这里刚刚发生的惨剧，刘夫人后悔不迭。李存孝夫人邓氏哭吊而来，且歌且哭，把李存孝的赫赫武功一一罗列，把李、康二人无能又嫉妒贤能、大耍阴谋诡计的歹毒伎俩从头揭露，李克用酒也醒了，梦也醒了，怒杀了李、康两个阴谋家，祭奠李存孝的亡灵。

此剧的戏剧情节颇不符合历史真实。据《五代史·义儿传》说，李存孝受李存信谗言后，投奔李克用的死对头朱温，欲借助朱温的力量攻击李克用，被李克用诱捕杀害。故李克用、李存孝父子矛盾，是军事政治权力之争。但民间传说却一直对李存孝多有偏袒，这可能符合国人"同情弱者"的集体无意识情绪。

（冲末净李存信同康君立上。）（李存信云）米罕整斤吞①，抹邻不会骑②。弩门并速门③，弓箭怎的射？撒因答剌孙④，见了抢着吃。喝的莎塔八⑤,跌倒就是睡。若说我姓名,家将不能记。一对忽刺孩⑥,都是狗养的。自家李存信的便是,这个是康君立。俺两个不会开弓蹬弩,也不会厮杀相持;哥哥会唱,我便能舞。(头折)

① 米罕:蒙古语,指肉。

② 抹邻:蒙古语,指马。

③ 弩门:弓的弯度叫"弩门"。速门:射箭时扣动的快门叫"速门"。

④ 撒因:蒙古语,指牛或牛肉。答刺孙:蒙古语,指酒。

⑤ 莎塔八:醉。

⑥ 忽刺孩:蒙古语,强盗的意思。

本剧第一折写作"头折"。首先亮相的是一对活宝——李存信和康君立。他们的上场诗,就是净丑行当经常用的自揭老底式的打油诗,半句蒙语,半句汉语。别看他们对外打仗是孬种,搞阴谋倒很在行。按规定他们应当去驻守邢州,但邢州是前线,危险,他们就对父亲

李克用溜须拍马的办法,换去驻守有"好酒好肉"吃的
潞州,而把原来应该去潞州的李存孝换去了邢州。等到
李存孝夫妻到来的时候,李克用已经被这两个马屁精灌
醉了。故在存孝和邓夫人眼里,看到的是这样一幅
画面:

〔油葫芦〕我见他执盏擎壶忙跪膝,他那里
撒滞殢。阿妈那锦袍上全不顾酒淋漓,可正是
他不择不拣干干的吃,他那里刚扶刚策醺醺的
醉。一壁厢动乐器是大体,将一面鼍皮画鼓冬
冬擂,悠悠的慢品鹧鸪笛①。(同上)

① 鹧鸪笛:因笛声和鹧鸪鸟叫声类似,故云。

剧中的李克用是一个贪图享受的糊涂虫,他贪杯好
酒,沉溺于歌舞升平,所以会宠爱不会打仗但擅长歌舞
的李存信、康君立二人。李存孝夫妇应他的召唤前来拜
见,在他面前跪下了,可他却依然酒水糊涂地大口吃着,

任锦袍上淋淋漓漓着酒液。左右手忙着架扶酩酊大醉的大元帅,鼍鼓冬冬,笛声悠扬。

这首曲子用的是全然客观冷静的描绘法。"可正是他不择不拣干干的吃,他那里刚扶刚策醺醺的醉"两句,曲之对偶,衬字对衬字,正词对正词,把一个酒鬼形象描摹得惟妙惟肖。剧作家刚刚运笔于此,突然提笔描摹起殿前流荡的音乐之声来。一边是酒液淋漓流淌在锦袍上也浑然不觉,一边却是体现礼仪尊严的雅乐悠悠,这是一个落差,微含着些许淡淡的嘲讽。

听说要他去镇守邢州,李存孝很有想法,因为李克用早与他有约,攻破黄巢后让他守潞州,现在父亲却食言失信了。他们夫妇向母亲求助,母亲说父亲醉了,以后再说吧;他们知道这是李、康二人捣的鬼,就责问他们道:"想当日十八骑误入长安,杀败葛从周,攻破黄巢,天下太平,是我的功劳;你有甚么功劳也?"不料李存信厚着脸皮说:"俺两个虽无功劳,俺两个可会唱会舞也哩。"邓夫人下面的〔胜葫芦〕等三支曲,就是针对他厚颜无耻的:

〔胜葫芦〕他几时得鞭敲金镫笑微微，人唱着凯歌回，遥望见军中磨绣旗。则你那滴羞蹀躞身体^①，迷留没乱心肺，唬得劈留扑碌走如飞。

（李存孝云）你两个有甚么功劳？与你一匹劣马不会骑，与你一张硬弓不会射。则会吃酒肉，便是你的功劳也！

〔后庭花〕与你一匹劣马不会骑，我与你一张弓不会射，他比别人阵面上争功效。你则会帐房里闲坐的，咱可便委其实，你便休得要瞒天瞒地。你饿时节挝肉吃，渴时节喝酪水，闲时节打髀殖^②，醉时节歪唱起、醉时节歪唱起。

〔柳叶儿〕你放下一十八般兵器，你轮不动那鞭简挝槌，您怎肯袒下臂膊刀厮劈？闹吵吵三军内，但听的马频嘶，早唬的悠悠荡荡魄散魂飞。（同上）

① 滴羞蹀躞：扭扭捏捏。蹀躞，小步走路的样子。

② 骰殖：麻将一类。因由动物股骨制成，故名。

以上三曲用的是一种对比法，全曲都是在将李存信与李存孝作比较，以存孝势不可挡的英雄气概，反衬出李存信的窝囊软弱、胆小怕死。"鞭敲金镫笑微微，人唱着凯歌回，遥望见军中磨绣旗"三句，是在形容李存孝。邓夫人不好意思直截了当说表扬丈夫的话，所以本曲一开头就以"他几时"三字起领，把这一切设计成一种向往，向往着跃马扬鞭、谈笑风生、绣旗翻飞、战歌嘹亮地领着军队凯旋。第二曲的"他比别人阵面上争功效"句，与首曲的这些意思是相连的，突出存孝的身先士卒、冲锋陷阵。在存孝的光辉映照下，李存信简直就是个窝囊废。他不会骑马不会射箭，走路走小碎步，拿不起一十八般兵器，轮不动"鞭简挝槌"，惟有在逃跑的时候快步如飞。如果说〔胜葫芦〕、〔柳叶儿〕两曲，主要是数落李存信的短处，那么〔后庭花〕一曲则列举他的"长处"：只会帐内闲坐，吃肉喝酪、打牌歪唱。

邓夫人的曲唱都是配合李存孝说白的，有时是他说白的重复,有时则是延伸。这一大段,就是他们的夫唱妇和。李存孝在邓夫人的一曲和一曲之间、甚至曲中插进许多说白,同样是数落、蔑视、嘲笑存信的。他的这些意思由邓夫人再度唱出来,就是一种强调,一种凸显。

由下面剧情的发展我们知道,其实李存孝、邓夫人小看李存信了。他的本事远不止"饿时节挝肉吃,渴时节喝酪水,闲时节打髀殖,醉时节歪唱起"。在现实生活中就有这样一类人,正业上毫无建树,歪门邪道上很有天赋,搞阴谋诡计打击报复,一套一套,手起手落,就能置人于死地。关汉卿化这样大力气塑造、揭示这些丑类,恐怕就是要引起人们的警惕,引起人们的抵制。

第二折开始部分有很长一段科白,敷演李存信假传将令,要李存孝及其手下的五百义儿都改复原名,又赶回李克用处,挑唆说李存孝有反心,李克用立即准备点兵点将,要前去擒拿"牧羊子"李存孝。因为李存孝在跟随李克用打仗前是牧羊小子,李克用见他力大如牛,将他留在身边做了义子。得悉李存孝改回原名"安敬思",想起自己的抬举栽培,李克用气得大骂,一口一个

"牧羊子"。正在这时,一直在旁边冷眼旁观的刘夫人
按捺不住了,她起身制止:"住者!元帅,你怎生不寻
思?李存孝孩儿他不是这等人。"她请求让她亲赴邢州
看一看,问一问,得到事情真相后再作决定。

且说邢州,李存孝也正在为父亲的出尔反尔烦恼。
他自忖父亲让他改名这是不允许他再用李姓的意思,这
是不再信任他、不再重用他的表现。他发牢骚曰:"我
本是安邦定国李存孝,今日个太平不用旧将军。"邓夫
人前来,款款地劝慰存孝,让他对李、康二人的话多长个
心眼,让他把邢州的事务管好。这时,有一对义父子来
告状,李大户当日无子,认了个义子,如今"治下了田产
物业,庄宅农具",又有了亲儿子,就要赶走义子。李存
孝接案,触动了自己的情怀,将李大户狠狠地打了一顿。

刘夫人行色匆匆地赶来了。下面这一曲,就是邓夫
人见到远道而来的婆婆刘夫人时唱的:

〔菩萨梁州〕我这里便施礼数罢平身,抄着
手儿前进。您这歹孩儿动问,阿者,你便远路

风尘！（刘夫人云）休怪波，安敬思夫人！（正旦唱）听言罢着我去了三魂，可知道阿者便怀愁忿。这公事何须的问，何消的再写本！到岸方知水隔村，细说原因。（第二折）

李存孝夫妇见母亲来了，恭恭敬敬地拜见备酒，但见母亲一脸怒容，正不知怎么回事，忽然母亲开口叫了声"安敬思夫人"，把邓夫人真个吓坏了。但至少，他们知道母亲为何这般怒气冲冲的了。刘夫人说，听存信说你改姓的事，我还不信，亲自前来核实，一路走来一路打听，原来改姓之事竟是真的。她责怪存孝忘恩负义。存孝坐一边默默无语。邓夫人大声提醒："存孝，你不说待怎么？"李存孝这才将李、康二人传达将令要他和五百义儿家将都改名换姓的事，一五一十地说了出来，说到自己受"阿妈"栽培提携才有今天，他热泪盈眶。真相大白，刘夫人要带李存孝一起去见李克用，和李、康二人当面对质，去"白那两个丑生的谎去"。邓夫人开始不同意存孝也去，经二人解释后，她信心满怀地唱

了一首送行曲,她嘱咐存孝要狠狠打击那两个坑人陷人的"祸根":

> 〔尾声〕到那里着俺这刘夫人扑散了心头闷;不惩的呵,着俺这李父亲怎消磨了腹内嗔!别辩个假共真,全凭着这福神,并除了那祸根。你把那康君立、李存信,用着你那打大虫的拳头着一顿! 想着那厮坑人来陷人,直打的那厮心肯意肯,可与你那争潞州冤雠证了本。(同上)

邓夫人还是善良,还是没看清问题的严重性。她让存孝动拳而不是动刀,她让李存孝把他们打得"心肯意肯"、服输了结,她没叫存孝杀了那两个狗东西,当然她更没想到存孝这一去,就再没有回到她身边的一天,他们这对恩爱夫妻到此就算做到头了,她这是在跟丈夫诀别!

刘夫人和李存孝来见李克用。怕李克用误会未解、怒气难消,李存孝请母亲一人先过去说一声。就这一会儿工夫,李、康二贼又生诡计,假报"亚子哥哥(刘夫人亲生儿)打围去,围场中落马",急得刘夫人马上赶去了。李存孝拖她不住,深切感受到亲子和义儿的区别,伤心落泪。等刘夫人一走,李、康两个小人就利用父亲嘴里蒙古语"五裂蔑迭"的谐音,将尚未见父亲一面、还没来得及为自己作一下辩护的李存孝,径直拉出去"五裂"了!

本剧第三折有点奇特:正旦改扮小番莽古歹,作用只是向刘夫人转告李存孝受诬陷车裂而死的经过。可见早在元杂剧时代,就有以女演员扮演少年郎的做法。第二折下半段,李存孝在得知自己将被五车裂死之时,百感交集,思念夫人,回忆夫妻恩爱的往事,回忆叱咤风云的战斗生涯。若能且吟且唱,这肯定是一段精彩动人的情节,可惜杂剧只能一人主唱,虽然这一段说白写得极好,关汉卿用了大心思,但一句不唱总是个缺憾。似乎是为了有所弥补,这一折就有莽古歹的〔中吕粉蝶儿〕一套十曲,内容恰是重复上一折下半段的。这样一分析,我们便能对作者让旦角扮演剧中男性人物的良苦用心,多少有所理解。

(刘夫人上,云)描鸾刺绣不曾习,劣马弯弓敢
战敌,围场队里能射虎,临军对阵兵机识。(第
三折)

这是刘夫人的上场诗。第一第二折中刘夫人都是
和李克用一同上场的,没有机会用"上场诗"的形式介
绍自己。这一折她单独出场,吟了七言四句,从中我们
看到刘夫人不是个寻常女子,不善女红,但会骑马射击、
围场打猎,是个有胆有识的女武将。关汉卿剧作中每每
有胆识超过男人的女性形象。本剧中,刘夫人的见识就
在李克用之上,邓夫人也不在李存孝之下,所以剧本虽
以政治战争为题材,政治战争是男人的事业,但剧中形
象性格鲜明的,却还是女人。

〔上小楼〕做儿的会做儿,做爷的会做爷,
子父每无一个差迟①,生各札的意断恩绝②!

　　阿妈那里紧当着,紧拦着,不着疼热,他道是:
"你这姓安的,怎做李家枝叶!"(同上)

① 差迟:又作"差池",差错。
② 生各札:生生的。各札,语助词,象声拟态。

　　莽古歹的这首曲颇含了点嘲讽,意思其实是他们做
爹的不像爹,做儿的不像儿,自以为都没错,争来吵去,
大声叫骂,把父子情分生生给折断了。
　　直到最后,莽古歹才吞吞吐吐地把李存孝已被五车
裂死的消息告诉刘夫人,夫人闻言嚎啕痛哭。因为她深
感内疚,深感后悔。她想她昨天要是不离开,这样的惨
祸就不会发生。而昨天她赶去一看,她的亲生儿子亚子
根本没有落马! 连她也给骗了,这两个十恶不赦的坏东
西! 刘夫人会打仗,懂军事,她太知道李存孝的价值了,
她太知道李存孝立下功劳的分量了。这么个生机勃
勃、英勇善战的青年将领,没有马革裹尸死在战场上,
却惨死在自己人陷害的手里,实在是太令人痛心疾

首了!

下面一曲,纯是莽古歹为李存孝代言。曲唱前,有"存孝道"三字说白,接着,就以第一人称出现了:

〔二煞〕我也曾把一个邓天王来旗下斩,我也曾把孟截海马上挟,我也曾将大虫打的流鲜血,我也曾双挝打杀千员将。今日九牛力,挡不的五辆车五下里把身躯拽。将军死的苦痛。见了的那一个不伤嗟!（同上）

四个"我也曾"一路排比,把李存孝生前的功绩高度概括,他活挟过孟截海,斩杀过邓天王,十八骑入长安威风凛凛,号称有九牛之力,打虎之威,可挡不住五车拽裂!曲子的后半部分又回到莽古歹客观介绍的口气,说明亲见李存孝将军惨死的人都悲伤叹息。

从这首曲子我们能够获知,中国戏曲除了时空调度自由以外,人称调度也十分自由灵活。一首短短的曲子,由第一人称转换到第三人称,没有半点不自然。可以想象,在具体表演中,前四句与后半段的语调音色、站位神情、身段动作都会有别,以表现化身为李存孝和超脱李存孝身份的两种戏剧立场。这些特点,正是戏曲的前身——说书讲唱——等曲艺给予的影响。

本剧第四折全是吊唁李存孝的内容。李克用酒醒之后,让人唤存孝儿,刘夫人赶来,边叙边骂,把李克用酗酒听谗,李、康二人居心叵测加害忠良,全盘抖露出来,李克用恍然大悟,立即将这两个"无徒"捆起来带到邓家庄。这时,邓夫人正举着引魂幡、背着骨殖匣儿一路哭将过来:"闪杀我也,存孝也!痛杀我也,存孝也!"

〔双调新水令〕我将这引魂幡招颭到两三遭存孝也,则你这一灵儿休忘了阳关大道。我扑簌簌泪似倾,急穰穰意如烧;我避不得水远山遥,须有一个日头走到。

〔水仙子〕我将这引魂幡执定在手中摇,我将这骨殖匣轻轻地自背着。则你这悠悠的魂魄儿无消耗①,(带云)你这里不是飞虎峪哪,(唱)你

可休冥冥杳杳差去了！忍不住、忍不住痛苦号
啕，一会儿赤留乞良气②，一会家迷留没乱
倒③，天哪，痛煞煞心痒难挠！（第四折）

① 消耗：消息。

② 赤留乞良：生气的样子。

③ 迷留没乱：精神恍惚。

　　邓夫人走在送葬队伍的最前列，举着引魂幡摇动招
展，一边高声哭叫招魂：存孝也，你可别走错路呵！阴
曹地府的路可是漆黑一片呵！你可不要在黑暗中摸错
方向呵！这里可不是你熟悉的飞虎峪哪！你可要认定
我手中的这面专引你飞虎将军英魂的幡旗呵！

　　她边喊边哭，痛苦号啕，想到丈夫的惨死，眼泪就止
不住滚滚而来，想到害死丈夫的两个禽兽就义愤填膺，
为丈夫报仇雪恨之愿像火一样在胸中燃烧。

　　李克用、刘夫人从后面赶来，表示了他们的悔恨痛
惜的心情，并把捆绑的李、康二贼子交给邓夫人。将军

周德威为李存孝宣读了祭文,回顾了李存孝生前的巨大功绩,将英雄生前用过的遗物虎磕脑、铁飞挝、蟒虎带供奉在他的灵位前。重新见到这些东西,邓夫人触景生情,忆及丈夫生前的英雄形象,仿佛丈夫又一身戎装地出现在自己面前:

〔梅花酒〕你戴一顶虎磕脑,马跨着黄骠,箭插着钢凿,弓控着花梢,经了些地寒毡帐冷,杀气阵云高。我这里猛觑了,则被你痛杀我也李存孝!

〔收江南〕呀,可怎生帐前空挂着虎皮袍?枉了你忘生舍死立唐朝!枉了你横枪纵马过溪桥!兀的是下梢,枉了你一十八骑破黄巢!

(同上)

这是两首一组的"带过曲"。人在悲痛过度之时常常会出现幻觉。邓夫人眼前出现的,正是李存孝生前跃马横空、所向无敌的英豪之姿。她是在极度悲哀中哽哽咽咽、断断续续地歌唱这一曲子的,忽而似看见存孝自空中归来,忽而又发现虎磕脑、虎皮袍里都是空的,幻景和实景混杂,恍惚与清醒交替。清醒过来的邓夫人,连唱了三句"枉了你",中间夹一句"兀的是下梢(下场)",大为李存孝抱不平,大为李存孝喊冤叫屈。这样的曲词,即便是我们今天无法听到它真实的歌唱效果,也不能不为之动容;可想而知,当初在实际演出中,一定是催人泪下的。

终于到了活祭李存孝的时候。李存信、康君立反复求饶已为时晚矣,害人者终究以害己了结。二贼子曾以残酷的五裂之刑害死李存孝,现在等待他们的,也同样是五裂之刑:

〔太平令〕也是你争弱①,拿住你该剐该敲。聚集的人员好闹,准备车马绳索,把这厮绑了,五车裂了,可与俺李存孝一还一报!

(同上)

① 争弱：弱小。此处意为不中用的家伙。

　　最后的这支〔太平令〕也就用作了尾声。邓夫人的仇终于报了，恨终于雪了。短短一支小令，把所谓"五车裂"的死刑情景介绍得一清二楚。曲子更体现了中国民间"一报还一报"的思想。"不是不报，时间未到；时间一到，一切都报"，这是老百姓朴素的信念。正是靠着这样的朴素信念，老百姓们坚持着与坏人坏事作斗争，坚持着争取和等待公正的到来，坚持着用戏曲等文艺形式宣传善恶标准，宣传邪不压正，努力使我们的社会生活变得更加公平、更加美好。关汉卿虽以历史人物入戏，但其真正的价值取向，却完全和他同时代的最广大老百姓的心愿，是一致的。

　　在此，让我们用最后一点篇幅，试解一解本剧的这样一个疑点：一部以表现男人间你死我活的政治历史剧，为什么不用"末本"，不让男性演员演唱，而选择"旦本"，以邓夫人作为主唱者？这样选择不是会有许多不便、许多弊病么？

一些现代研究者对本剧的批评，常常会举这个缺点。

笔者在此，避开优缺点不论，只想从中找出一点民俗文化意象。我们知道，中国民间的"歌哭"传统源远流长。《孟子·告子》载："华周、杞梁之妻善哭而变国俗。"这一"国俗"后来竟演变成"孟姜女哭倒长城"的故事，说唱戏剧，搬演不已，直至今天。古人深信，嚎啕歌哭之声能达于神灵及亡灵，使他们感动而垂怜保佑。这一习俗经数千年的传承，后来成为根深蒂固的民俗文化，宗教意义淡化，有的地方变成只知其然不知其所以然的一个文化躯壳，但依旧保存着（比如我们在现代电影《菊豆》的出丧场面里看到的）。这样"歌哭"传统的产物，有各地大量的、形式色彩各异的"哭嫁歌"和"哭丧歌"等。近年上海的一些民俗学家就曾搜集整理出版了不少。另一方面，当戏曲初起，需要大量乐歌支持的时候，这些民俗歌哭形式也就进入戏曲，被融合进套曲之中，标上一个个曲牌，与那些来自宫廷歌舞、勾栏说唱、市井广告叫卖的声响携手，共同承担起敷演故事、表达情感、塑造人物形象的使命。曲牌〔哭皇天〕、〔哭歧婆〕等,就透露了个中消息。

于是关汉卿女性形象系列剧中,又多了一个类型——哭妇邓夫人。歌哭是女人的一项武器。邓夫人正是靠着她的"哭丧歌",把丈夫的冤屈世世代代传递下来;李存孝也正是在妻子的歌哭声中,得到永生。

关汉卿剧本中以且歌且哭形式来构筑剧情的,颇有几部。《哭香囊》表现唐明皇痛哭杨贵妃的;《哭魏征》表现唐太宗为痛失得力宰相而哭;还有和马致远《汉宫秋》同调的《汉元帝哭昭君》、与《哭存孝》同时代题材的《曹太后死哭刘夫人》等,可惜均已失传。看来,关汉卿对歌哭习俗不但十分熟悉,而且颇为欣赏,颇有研究,所以用起来得心应手。

十三、散　曲

　　关汉卿的散曲创作也具有很高的成就。这些抒写生活片段、个人情感的短章,写得更加活泼跳脱、生动有趣,更能表现汉卿的幽默和多智。

　　他有一组四首的〔仙吕一半儿〕曲,写恋爱片段的,就写得非常清新多趣,富有动作感和音响效果。〔一半儿〕曲的句式是:七、七、七、三、九,最后一句固定为"一半儿××一半儿×",若是把"儿"字不算,看作是"一半"后的儿音,那么这最后一句也是七字句。〔一半儿〕最具特征的是最后一句,最精彩的也是这最后一句。当然,也有写不好这最后一句的,别说出彩,连整篇文章都要砸。关汉卿却写得自然浑成,妙趣横生,像是顺手拈来,又丝丝入扣,与前面内容浑然一体,毫无隔阂。

我们不用强辨这几首小令是站在男主人公立场,还是为女主人公代言。恋爱中的男女每每是"你中有我、我中有你"的,音声呢喃,笑语复叠。对他们爱情片段的剪辑,又如何能明分你我呢?

〔仙吕一半儿〕 题情(四首)

云鬟雾鬓胜堆鸦,浅露金莲簌绛纱,不比等闲墙外花。骂你个俏冤家,一半儿难当一半儿耍①。

① 难当:元剧中常用词,意为赌气。

眼面前这个美人儿,简直是从头美到脚。那一头秀发,像云像雾又像鸦,像云一般蓬松,像雾一般润泽,又像鸦羽一般乌黑。三个比喻,一者喻形状,一者喻质地,一者喻色彩,合之,这美人松软飘逸的秀发,便如在目前了。看脚下,微微露出裙裾的"金莲"轻迈轻动,使绛红色的裙纱簌簌作响。如果说刚才对秀发的描写体现了静态之美,那么现在的,就是动态之美了。看那架势,看那仪态气质,就知道不是路柳墙花,不可造次。小曲的最后两句,"骂你个俏冤家",究竟谁骂谁? 可以理解为是那佳人笑启樱唇,对着欲亲近又止步的"傻俊角"轻轻地骂了一声,仅此一声,便对少年构成了难以抵挡的魅惑,但他又吃不准佳人的心,到底是真还是"耍"? 也可以理解为是少年骂少女,那是在心里悄悄地骂。骂因自然也是对她的心吃不准。

这是写初次交往,男女互相猜测,互相试探。作者对此把握得那么准确、表现得那么显露。贵显露、重机趣,是曲之所以为曲。关汉卿的作品因此曲味十足。

碧纱窗外静无人,跪在床前忙要亲。骂了个负心回转身。虽是我话儿嗔,一半儿推辞一半儿肯。

又是一个爱的小景。俗话说一回生、两回熟,更何况天遂人愿,这会儿碧纱窗外静无一人,现在不亲更待何时? 一个想亲,一个不让亲,回转身去,口里还骂了声"负心"。这又是从何说起呢! 三天前你说要来的,如何不来? 害奴家空等了一场,骂你"负心"还是轻的! 嗔怪过了,气儿顺了,看在你跪了这么半天的份儿上,饶了你罢!"虽是我话儿嗔,一半儿推辞一半儿肯"两句,直如戏曲里的"背躬",是直接对读者说的,好与读者共同分享一个秘密、一段隐私。

银台灯灭篆烟残①,独入罗帏掩泪眼,乍孤眠好教人情兴懒。薄设设被儿单,一半儿温和一半儿寒。

① 篆烟:香炉里腾起的篆字形的烟。

爱的烦恼随着爱的甜蜜接踵而来。灯灭银台,烟消香炉,夜深了。又是一次久待不至。没奈何,只得一个人孤眠独睡。懒洋洋，泪汪汪，无人哄劝，无人拭擦，寂寞的滋味叫人难以忍受，何况是从热恋的高峰一下子跌落，抛闪得人无情无兴。一样的被儿，今儿个怎觉得这般"薄设设"的单薄？那人不在，被暖半条，另一半，则像女儿家的心一样寒。"玉枕纱橱，夜半凉初透"（李清照《醉花阴》），这一夜，照例是无眠。

　　多情多绪小冤家，迤逗得人来憔悴煞，说来的话儿先瞒过咱，怎知他，一半儿真实一半儿假。

　　情爱中人，总是这般矛盾：只愿他惟有对自己"多情"，而对别人寡情。但偏偏，多情者往往滥情，不得手时甜言蜜语，下跪赌誓，无所不用其极；一旦得手，又将人等闲视之，迤逗得人心肯，他却不知到哪里又"多情"去了。这世上，半真半假的"冤家"着实是多！这支曲子与上一支虽然同属"闺怨"类，但细辨，两者的语气语调是不一样的，前者压抑，后者爆发，前者是默默忍受，后者是絮絮诉说、声声埋怨。至于诉说对象,可以有,亦可以无;可以是闺中姐妹,也可以是自己。说出来就好。管它有没有听者,不然,可真要"憔悴煞"哉!

〔南吕四块玉〕 别情

传统韵文中写"别情"的篇章何止万千!而这首区区二十九字的小令短曲还是有值得一说之处:

> 自送别,心难舍;一点相思几时绝,凭阑袖拂杨花雪。溪又斜,山又遮,人去也!

本曲之起首口气较平淡。别说欧阳修的"寸寸柔肠,盈盈粉泪"(《踏莎行》),就是关汉卿自己的"咫尺的天南地北,刹时间月缺花飞"(〔沉醉东风〕),情感的表达上也要浓郁得多。但"别情"之别时之情和别后之情是不一样的,别后之情看似淡,看似只有"一点",却是时隐时现、缠绵不已的。关汉卿在这里以"一点"与

"几时"对举,真是这淡淡的哀愁的写照。纷纷扬扬的杨花像雪片一样飞满衣襟,须时时拂袖掸去,可见曲中主人公"凭阑"时间之长。然斜斜的溪流载了你心上人去,高高的山脉遮了你心上人去,你还如此痴痴地凭阑何益?

欧阳修的《踏莎行》词中有"楼高莫近危栏倚"句,像是词人对伤心的女主人公之同情的劝说:"别去倚栏";而这里的关汉卿却任凭他笔下的人儿一味地倚着阑干,只轻轻地在她耳边道了句"人去也"!悟与不悟就随她自己了。这就是曲家比词人要多几分幽默的地方。

〔南吕四块玉〕　闲适(四首)

关汉卿的调寄〔南吕四块玉〕的《闲适》共一组四首,第一首突出随心所欲的生命状态,第二首抒发酒逢知己的愉悦欢快,第三首反映鄙薄功名的人生理想,第四首表达与世无争的生活态度。关汉卿的这一组散曲很能反映元代知识人消极玩世的世界观。

唐代诗人总是将他们的理想抱负和气概表现在诗里,经世致用,忧国忧民,"天生我才必有用";宋代词人总是将他们曲折委婉的感情表现在词里,愤世嫉俗,悲歌当哭,"忍把浮名,换了浅斟低唱"。元代曲家早已丢失了唐人气概,连宋人情绪也已难以寻觅。那是因为元代是一个由异族统治的存在着严重种族歧视的时代,长期取消科举考试,汉族读书人多不能正常地走上仕途,断绝了走入国家事务决策管理层的道路。不仅如此,元代社会还"似箭穿着雁口,没个人敢咳嗽",他们连言论自由都没有。所以许多像关汉卿这样的优秀知识分子,都采取与统治集团不合作的人生态度。如果说我们在宋词中体味到的是泪,是悲伤和挽救,是敏感文人对于由盛而衰时代的哀歌和不甘,那么我们在元散曲中听到的,就是带着哭音的笑声,看到的是挂着眼泪的笑容,是强作的潇洒和由滑稽逗趣掩饰的痛苦。

适意行,安心坐。渴时饮、饥时餐、醉时

歌,闲来时就向莎茵卧①。日月长,天地阔,闲快活。

　　旧酒投,新醅泼②,老瓦盆边笑呵呵,共山僧野叟闲吟和。他出一对鸡,我出一个鹅,闲快活。

　　意马收,心猿锁,跳出红尘恶风波,槐阴午梦谁惊破③?离了名利场,钻入安乐窝,闲快活。

　　南亩耕④,东山卧⑤,世态人情经历多。闲将往事思量过,贤的是他,愚的是我:争什么!

---

① 莎茵:绿草地。

② 醅:未过滤的酒。

③ 槐阴午梦:典出唐人小说《南柯梦》。淳于梦在槐阴下得一梦,梦见自己在槐安国一直做到驸马,醒后才知原来是南柯一梦。

④ 南亩耕:典出诸葛亮《出师表》:"臣本布衣,躬耕于南阳。"

⑤ 东山卧:晋代谢安曾隐居于浙江上虞东山。

与关汉卿同时或稍后的其他曲家,白朴有"闲袖手,贫煞也风流"(〔阳春曲〕),贯云石有"伤心来笑一场","沧浪污你,你污沧浪"(〔殿前欢〕),张养浩有"急流中勇退不争多,厌喧烦静中闲坐"(〔新水令〕)。这些作品,与关汉卿的四首《闲适》一致,表现的都是"远人事,近自然"的主题。他们笔下有许多"笑"啊、"闲"啊、"快乐"啊等等的字眼,但他们笑得并不轻松,令人感觉到他们故作旷达的背后是一种更为沉重的心境。

〔双调沉醉东风〕

"相见时难别亦难"(李商隐《无题》);"执手相看泪眼,竟无语凝噎"(柳永《雨霖铃》)……离别于热恋中人而言,最是痛苦与难舍,故有"生离死别"之说。关汉卿的"绝活"在于:惯将"熟题"做得别开生面:

　　咫尺的天南地北,刹时间月缺花飞。手执着饯行杯,眼阁着别离泪,刚道得声保重将息,痛煞煞教人舍不得。好去者！望前程万里。

　　首二句点出主题：饯别。"咫尺的"，所指是空间上的距离；与之对仗的"刹时间"，极言时间上的短暂。这里的"月缺花飞"非眼中之景，竟是心中之情。次二句描摹送行女子之神态，眼眶里勉强噙着的泪珠，几乎要落到杯中去，眼中物与杯中物一样微颤，眼中物还多过杯中物。末三句最为传神。那女子终于强忍泪水，吐出了临别赠言。但仅短短数字的赠言却被哽咽声拆成两半，吐得十分艰难。此曲"别样滋味"的关键正在这里：女主人公话语"保重将息"和"好去者望前程万里"之间，夹了句"痛煞煞教人舍不得"的客观叙述。也许觉得仅言"保重将息"过于缠绵怕对方不堪，女子强忍着"痛煞煞"的心，又提高嗓音补了一句勉励：好好去吧，愿君前程万里！她有意把话转移到这唯一令人振奋的题目上来。这是祝愿，也是稀释离恨的添加剂。

　　全曲于此殷勤寄语中戛然而止。或许，她让夫君上马扬鞭，又在马背上击一猛掌，令其奋蹄而去？或许，她

干脆别转身径自先回了？好个爽利女子！好一首爽利
之曲！离别不能拖沓，一拖，势必会有"今宵酒醒何处？
杨柳岸、晓风残月"的落寞，有"此去经年，应是良辰好
景虚设"的凄凉。正因为与柳永词的不一样处理，故关
汉卿的这首代表作获得了很高的评价，后人认为它使
《雨霖铃》"不能专美于前"（梁乙真《元明散曲小史》）。

〔南吕一枝花〕 不伏老

　　攀出墙朵朵花，折临路枝枝柳；花攀红蕊
嫩，柳折翠条柔。浪子风流，凭着我折柳攀花
手，直煞得花残柳败休。半生来折柳拈花，一
世里眠花卧柳①。

　　〔梁州〕我是个普天下郎君领袖，盖世界浪
子班头。愿朱颜不改常依旧，花中消遣、酒内
忘忧，分茶攧竹、打马藏阄②，通五音六律滑
熟③：甚闲愁到我心头？伴的是银筝女，银台

前、理银筝、笑倚银屏;伴的是玉天仙,携玉手、并玉肩、同登玉楼;伴的是金钗客,歌金缕、捧金樽、满泛金瓯。你道:我老也,暂休,占排场风月功名首,更玲珑,又别透。我是个锦阵花营都帅头,曾玩府游州。

〔隔尾〕子弟每是个茅草岗、沙土窝、初生的兔羔儿,乍向围场上走;我是个经笼罩、受索网、苍翎毛老野鸡,踏踏的阵马儿熟;经了些窝弓冷箭蜡枪头④,不曾落人后。恰不道人到中年万事休,我怎肯虚度了春秋。

〔尾〕我是个蒸不烂、煮不熟、捶不扁、炒不爆、响珰珰一粒铜豌豆⑤。恁子弟每谁教你钻入他锄不断、斫不下、解不开、顿不脱、慢腾腾千层锦套头⑥。我玩的是梁园月,饮的是东京酒,赏的是洛阳花,攀的是章台柳。我也会围棋、会蹴鞠、会打围、会插科、会歌舞、会吹弹、会咽作、会吟诗、会双陆。你便是落了我牙、歪

了我嘴、瘸了我腿、折了我手,天赐与我这几般
儿歹症候,尚兀自不肯休。则除是阎王亲自
唤,神鬼自来勾,三魂归地府,七魄丧冥幽,天
哪那其间才不向烟花路儿上走。

① 花、柳:皆指妓女。

② 分茶攧竹:品茶、画竹。打马藏阄:两种博戏。

③ 五音:宫、商、角、徵、羽五音阶。六律:黄钟、太簇、姑洗、
蕤宾、夷则、无射,十二律中的阳声律。

④ 窝弓冷箭:伏弩、暗箭。蜡枪头;即"银样蜡枪头",喻中看
不中用。

⑤ 铜豌豆:据说指元代妓院中对狎客的切口。

⑥ 锦套头:比喻情网。

这套曲子是关汉卿的自传体作品,是他散曲中最具
代表性的篇章。曲子将一个老而不服、老当益壮的风流
浪子推到读者面前。这个风流浪子,就是关汉卿自己。
全套由四支曲子组成,〔一枝花〕颠来倒去就是两个字:

一个"花"字,一个"柳"字,讲自己怎样出入花柳丛中,一生一世对"花"对"柳"感兴趣;〔梁州〕曲自赞自夸,突出自己的地位,设定一个辩论对象"你","你"说"我"老了,"我"偏偏"不伏";〔隔尾〕一曲以不经世面的"子弟每(们)"作陪衬,强调"我"的历练和坎坷;〔尾〕曲是全篇最精彩的所在,按照格律,首二句都是七字句,删除衬字的话应当是"我是一粒铜豌豆,谁教钻入锦套头",而在这里,关汉卿加入了数倍于定格的衬字,创出了两个二十三字的长曲句,以下的曲句更是滔滔不绝如江河一般,淋漓酣畅地表达了他独特的人格力量。"我玩的是……"一组排比,极端地夸耀自己见过的世面,"我也会……"云云,又罗列自己怎样的多才多艺。他说他的这几般"歹症候"是"天赐"的,是与生俱来的,是至死改不了的。

中国正统文人总有许多文过饰非的地方。他们也嫖妓、也玩物、也好声色,但他们每每很少表达,特别是在历来"言志"的诗歌中几乎不表达,在其他体裁作品中即使表达也极为含蓄。北宋的欧阳修写了几首言情之词,就被人认为是仇恨他的人伪造的。像关汉卿这样袒露自己"劣迹"的,真可谓前不见古人后不见来者。这种现象,一方面是因为元代知识人特有的生存状态决定的,另一方面,则表现了关汉卿的个性。元代正直的知识人在仕途上是走不通的。他们转而与民间十分接近,写话本、编杂剧,抒发市民贫民的苦闷与理想,为民间代言,所以他们的写作没有传统文人那种藏之名山、传之后人的想头,他们以作品与人们"赤诚相见"。而在元代知识人群体中,关汉卿又在这方面表现得最为极端、最为顽强、最为鲜明。

元代文艺界有一点非常突出,那就是"丑星"走红。伎艺人中甚至有叫"般般丑"艺名的。与此相应,元曲家也有不少喜欢写丑文,钟嗣成甚至自称"丑斋"。关汉卿曲中的这些自暴劣迹、玩世不恭,也是这一文风的体现。表面上的满不在乎掩饰着内心深处的极度认真,表面上的嬉笑包裹着实际上的怒骂和反抗,这就是关汉卿。那种自嘲,那种自我调侃,真不是一般人能达到的境界。

《中国古代文史经典读本》(文学类) 书目